勾引大腦

STORY OR DIE

by LISA CRON

沉浸式的故事力，
讓任何人
為你的說法買單

著—麗莎・克隆
譯—実瑠茜

獻給維奧莉特（Violet），
她的故事總是在最奇妙的時候開始。

各界推薦

如果說我是靠說故事維生的，這句話一點也不過分。在廣告產業中，每個人時時刻刻都在思考如何說一個好故事，透過故事引發興趣、激起共鳴，最終成功銷售。

我始終相信一個好的故事，相比生硬的數據更能令聽者產生興趣，而你想學習說個精彩的故事？本書會是你的得力助手，一步步帶你創造極具說服力的好故事。

——三分鐘（廣告業務／IG個人品牌經營者）

本書帶我們用全新角度理解什麼是故事，以及我們如何被故事入侵大腦、說服我們相信那些不真實的事物。更重要的是，我們還能從書中學會如何在生活中設計故事，發揮故事的影響力。看完本書你將體會到，故事力其實相當危險，那些不了解故事技術的人總是受害於無形，並且默默讓渡出了自己應有的力量。好在，還有這本書能幫助我們啟動故事思維看清世界。

——**李洛克（《故事行銷》作者）**

很常聽到人說簡報、行銷、銷售都是在「說服」，但我覺得這不太好。因為說服有種強迫的感覺，我們都不喜歡被強迫，又何苦去說服別人呢？

但如果不用說服的方式達到目的，我們又可以怎麼做？最好的做法就是「擴散」，也就是讓對方自然地吸收你傳達的內容，並做出行動。而這本書就能幫助你用故事達到擴散的效果。

即刻閱讀，讓我們一起用故事征服世界吧！

——**林長揚（企業課程培訓師、暢銷作家）**

身為一個以故事經營社群的創作者，我深深地被這本書的內容打動，因為無論是賣東西、推廣品牌或者經營社群，都是人與人溝通的過程。

但所謂的溝通並不是大家都在做的拚命叫喊，而是真正讀懂受眾的心，並且將優秀的故事用對的方式說出來。

相信《勾引大腦》能幫助到所有渴望讓溝通技巧更上一層樓的你。

——**街頭故事 李白**

CONTENTS

2 你的受眾、他們的故事與你的論點

3 創造你的故事

前言

「說故事的人能征服世界。」

——美國霍皮族（Hopi）印地安人諺語

當飛機降落紐約拉瓜迪亞機場時，我鬆了一口氣。天候不佳造成班機誤點，但所幸我們在空中加速飛行，讓我依然有機會準時進入曼哈頓中城，順利出席花了好幾個月安排的一場會議。

然而，我們的飛機並沒有滑行至空橋門口，而是突然就停在機場中間某處。大家從搖搖晃晃的金屬樓梯走下飛機，朝遠處的航廈前進，我的焦慮逐漸升高。一進到航廈，我就快速衝出去，然後又停了下來，因為這裡正在進行大規模的改建，裡面一片混亂。我瘋狂地尋找計程車招呼站或公車站，此時，另一名疲憊的旅客拍了拍我的肩膀，並指向一條長長的人龍。所有地面運輸都在數英里之外，這列隊伍等待的正是可以帶我們抵達那裡的接駁巴士——雖然不知道「那裡」到底是哪裡。

我排了四十幾分鐘，肯定趕不上會議了，但叫人難以忍受的並不是這一點。畢竟，機場必須擴建，而班機延遲通常出於不可抗力，這我都能理解。讓人感到厭煩的是，當接駁巴士在碎石路上緩慢行駛時，那不斷重複播放的廣播。一名男子用充滿活力的聲音為誤點致歉，接著繼續告訴我們，這樣的不便是很值得的，因為我們將獲得高雅簡約、令人驚喜的新航廈！他大肆宣傳落地窗外將能觀賞遼闊的法拉盛灣美景、優美的現代化建築，以及到時會有多少高級餐廳可供選擇，室內空間也將變得更加寬敞、愜意。

這廣播的暗示很明顯：他們正在興建一座不同凡響的建築，相比之下我們的不舒服只不過是微小的代價，何足介懷。但他們錯了，這則廣播真正傳達的是完全不同的訊息。我們可以明顯看出他們一點都不在乎旅客的感受，顯然從未想過接駁不便會對我們造成什麼影響——管你是可能錯過轉機或是等得又累又煩。對他們來說，我們就是一群不相干的路人而已，一切都以重建計畫為重。

他們也很有自信，以為只要把他們眼中的事實（機場將會有多棒）呈現給旅客看，我們就會有同樣的看法，認為新航廈比我們的不便還重要。很明顯，寫這份講稿的人不曾有過這種不方便的經驗，有過相似經驗的人應該會寫出不同版本的內容，會著重旅客的需要，而不是機場官方的需求。機場會造成我們的不便，而遭受損失的我們則需要知道有人在乎這件事。然而目前這份講稿，讓我們覺得自己只付出了代價，卻沒有得到任何好處，感覺他們在讓我們難堪。

又或者，就像榮獲普立茲獎的美國媒體評論家艾蜜莉．努斯鮑姆（Emily Nussbaum）在推特上說的：「搞什麼鬼，在拉瓜迪亞機場，要到計程車招呼站得走到天荒地老，只好搭巴士去坐計程車。唉，車上滿是氣沖沖的人……現在，居然還有個聲音雀躍的廣播在幫糟糕的轉乘方式護航，吹噓航廈將改建得多棒。所有乘客的眼中都充滿了殺氣。」她寫得非常中肯。

重點在於，要讓別人聽你說話，就必須先讓他們覺得你有聽到他們的心聲。除非你說的話和他們在意的事、他們如何看待自己和世界的方式有關，否則自顧自地講話只會讓他們深信，你根本對他們一無所知。我們後面將會看到，光靠事實是無法說服人的，這並不是因為我們不理性、頑固或愚蠢，而是因為事實普遍而籠統，往往有很大的詮釋空間。

這個「詮釋」就是故事——我們用來賦予周遭世界意義的個人論述。故事把事實放進情境裡，讓我們能明白其重要性，以及其對我們有何意義。

人類起初只是在溝通時發出嘀咕聲、比手畫腳，並做出生動的臉部表情（請想像一個尼安德塔人上下晃動他的眉毛）；等到我們用「語言」來讓溝通變得更有效之後，任何人之所以被聽到的故事說服、開始相信自己原本不相信的事，都是因為故事與他們的經驗產生連結。故事是我們得以存活的關鍵，所有說故事高手都了解這一點——不然要怎麼說服他們的族群，學會用火比遠離火更有益呢？

這就是為什麼，當你想要說服受眾時，必須運用他們本身的故事來說故事。如此一來，他們會感覺你的資訊、產品、理念對他們很重要。這麼做不僅能轉變他人的想法，還可以改變、甚至拯救生命。這正是二〇一三年在巴西發生的事，他們遇到很嚴重的問題，可不是機場接駁延誤這種程度的事。

當時在巴西，許多病人白白死去，因為國內的器官捐贈者日益短缺，但等待器官捐贈的候補名單極長。事實上，這是全球性的問題。在美國，雖然這樣可以幫助有需要的人，拯救他們的生命，但只有百分之四十的人在駕照背面「同意器官捐贈」的方框裡打勾。

你或許會認為，在這個方框內打勾完全不需要考慮。但並非如此。首先，要接受「有一天我會死」這件事意外地困難，我記得有次在大學課堂上，哲學教授提到「每個人都會死」時，我反射性地想：「是啊，除了我以外。」人在十九歲時很容易這麼想，在我們的設想中，一切似乎都很美好（就連死亡也是）。

然而，接受「我們終究會離開」這個事實，也不等於大家就會同意捐贈器官。

其中一個原因是，一想到自己的心臟從胸腔取出、放到冰塊上，然後被運送到某處就令人十分不安。這個念頭甚至可能引發更黑暗的猜想，比方說，醫生知道你是一個器官捐贈者，是否就不會竭盡全力地救治？若醫生的母親需要進行心臟移植，而你的心臟剛好跟她匹配，他會不會在你根本沒生病的情況下策畫一場陰謀？誰想承擔這種風險？換句話說，光是談論這個問題，就會面臨許多根深蒂固的阻礙，更別提加以解決了。

在巴西，要增加捐贈者更困難，因為駕照上沒有方框可以勾選，所以捐贈必須經由死者家屬授權，他們多半不知道家人生前是否有這樣的意願，在悲痛欲絕之際，通常會拒絕。

巴西國內缺少器官捐贈者，表示有數千個本來有機會救活的人因此去世，還有數千人受到嚴重影響。這並不是因為缺乏嘗試的緣故。嚴肅的宣傳活動將各種事實與圖表以清晰的邏輯呈現出來，企圖訴諸公民責任，卻徒勞無功。其中一個原因是，這樣的宣傳感覺像是一種羞辱。畢竟，再怎麼理性、客觀地想改變一個人的行為，多少都會暗示對方原先有什麼地方做錯了。再者，誰喜歡聽別人告訴自己該怎麼做？大家不會因為你說了什麼話就轉變（雖然你希望如此）。那麼，你要如何讓別人自願改變？

「沒有故事就會死」。以這個案例來說，還真的是人命關天，但是要講什麼故事呢？

負責為客戶發想新宣傳的巴西奧美廣告公司接下這個任務。由於大家內心潛藏著對死亡的不安，奧美知道，把焦點放在直接「呼籲」上，效果就跟對你的另一半說「我們得談一談」一樣不彰。沒有什麼比死亡更使人小心翼翼、不願意改變。不管我們願不願意承認，多數人都暗自希望能長生不老，並一直勇敢追求自己的信念和極度熱愛的事物。

奧美就從這一點著手。他們把注意力放在「想改變的人」身上，而不是他們希望人們做哪些改變。巴西人對什麼事極度熱愛呢？奧美明白，要讓巴西人想改變，就必須利用他們原本就在意的某件事，這件事最好與他們的身分認同有關。他們很快就找到了切入點，巴西人最瘋狂熱愛的事物，非足球莫屬，而其中最狂熱的莫過於勒西菲運動俱樂部（Sports Club Recife）的球迷。他們難以抑制的熱情近乎痴迷，並以此聞名全南美。這樣的熱愛持續一生、跨越世代，同時將人聚集在一起、結合成一個龐大的群體。他們團結一心，對俱樂部的愛至死不渝。

太好了，奧美找到了那個故事。若每位球迷死後，他們的心仍能為自己鍾愛的俱樂部跳動會如何？若他們的眼睛仍能注視著比賽會如何？若他們能永遠忠心耿耿又會如何？

於是，「不朽的粉絲」（Immortal Fans）的宣傳活動就此誕生。廣告標語是「勒西菲運動俱樂部擁有巴西最熱情的球迷，他們想成為永遠的粉絲。現在他們可以這麼做了」。一名熱情洋溢的年輕球迷出現在這部獲獎影片的開頭，她的聲音因為高聲吶喊、歡呼而變得沙啞：「我們是最棒的球迷。我們無與倫比、無人能及。沒有其他事更重要，勒西菲運動俱樂部就是我們的全部。」

有哪個球迷會希望這一切結束？而那些急需器官移植的病患，正好可以提供幫助。

「我保證，你的眼睛會繼續關注勒西菲運動俱樂部。」一位盲人發誓道。

「你的肺將繼續為了勒西菲運動俱樂部而呼吸。」一名看起來不超過二十歲的年輕人這樣宣誓。

「你的心將永遠為了勒西菲運動俱樂部而跳動。」一名正值青春年華的女子承諾道。（她滿懷希望地笑著，同時拭去眼角的淚水。）

球迷聽見了他們的話。一位球迷說：「即便在我死後，我還是勒西菲運動俱樂部的一員。勒西菲運動俱樂部就是我的靈魂。」另一位球迷甚至想到了戰勝敵隊的新方法：「如果我捐出肺，受贈者剛好是某個敵隊球員的話，他就被我們同化了。」

「一切都是為了勒西菲運動俱樂部，就算我們已經離開這個世界。」這個概念十分出色，這項活動把對死亡的恐懼轉變成對永生的承諾。

其「行動召喚」（call to action，簡稱CTA[1]）簡單而明確。球迷們可以在網路上或比賽進行時獲得一張器官捐贈卡，將它放進皮夾裡，代表他們願意成為器官捐贈者，因此當那個時刻到來，他們的家人就會知曉。這是忠誠與榮耀的象徵。更重要的是，他們會急切地想告訴家人這件事，甚至鼓勵他們也成為捐贈者。就這樣，全國各地的人都在談論這個本來絕對不會引發討論的話題。「成為器官捐贈者」與他們如何看待自己產生連結，因為它滿足了所有人與生俱來的渴望——覺得自己原本的面貌被接納、有所歸屬，以及能成就某件偉大的事，使它因為我們而繼續存在。此外，這項宣傳也讓球迷相信，他們在死後依然會在世間為支持的隊伍加油、最終贏得比賽。這種想法令人感到欣慰。

這項活動的成果超乎所有人的預期。到了該年年底，不僅有高達五萬一千位粉絲擁有器官捐贈卡，器官捐贈率也驚人地躍升百分之五十四。心臟與角膜移植的候補人數首度驟降至零人。

這股浪潮並未停歇。隔年巴西又發放了六萬六千多張器官捐贈卡，其他國家也開始進行類似的活動。

這對你有什麼意義？和「不朽的粉絲」活動背後的創意人員一樣，你也是一個「變革推動者」，無論目標是說服客戶、消費者、選民、社會大眾或你青春期的兒子，你都將持續面臨這樣的挑戰——說服別人相信他們本來不願意相信的某件事，而不會讓他們變得疏遠、厭煩，或在一開始就對你的行動召喚感到抗拒。想達成這個目標只有一個方法，那就是利用他們的個人論述創造出一個故事，而不是對其施加威脅。

我想你也知道，要說服他人對任何事改變心意有多困難。不管是要投票給哪個政黨、疫苗是否安全，還是要使用哪款牙膏，我們都很難改變目前的立場。你可能想破頭也搞不懂，為什麼列舉出各種明確的事實與好處，卻還是完全白費功夫。這並不是因為你試圖說服的人很頑固，而是遠從人類開始群居生活之後，我們的思維模式就變得牢不可破。「生存」是我們每天思考的主題，常會發現自己強烈反對新的生活方式，所以「光靠事實無法說服一個人」的原因昭然若揭。

---

1 行動召喚又譯為「行動呼籲」，是指希望目標受眾在看完文案或影音後，實際採取的各種行動，例如購買商品、參加活動、響應捐款等。

想試著改變任何人的心意，你得先理解為什麼基於大腦的運作模式，這是一種挑戰。這樣的知識將使你得以運用故事的力量來轉變其他人看待世界的方式。因為故事不是吸引、說服，並啟發他人的其中一種方法，而是「唯一」的方法。在我的職業生涯裡，這或許是我自己最驚訝的發現。

我花了數十年的時間分析讓故事變得動聽的要素，以及如何將這些要素應用於寫書、出版，並搬到電視上。我曾擔任華納兄弟與其他影視公司的故事顧問，然後在視覺藝術學院（School of Visual Arts）[2]擔任藝術碩士課程的講師。現在，我則是一名故事教練。多年來，我和小說家、傳記作家、電影編劇一起工作，他們都是很有才華的專業人士。從他們身上我學到一件令人驚訝的事：真正引起我的興趣與關注，促使我繼續往下閱讀的關鍵，與戲劇化的情節或優美的文筆其實沒有什麼關聯。真正吸引我的是，事件如何影響主角的信念，進而改變故事的走向。

但這是為什麼呢？

在鑽研與故事相關的神經科學、認知心理學與演化生物學之後，我找到了答案。科學可以解釋為何當我們被故事吸引時，它能改變我們看待事物的方式（無論我們是否有所察覺），以及為何故事是最強而有力且能帶來改變的溝通工具。但你或許會疑惑，我的故事和你有什麼關係。因為你的目標是轉變閱聽群眾看待事物的方式，而我寫這本書的目的則是幫助你達成這個目標。

在第一部分裡，我們將先探討大腦怎麼與故事產生連線，從它如何接收、處理資訊，到把事實形塑成某種我們堅信的觀點。有了這樣的基本理解，在第二部分中，你將學習藉由回答兩個很重要，但常被誤解的問題，好讓你的受眾不再抗拒改變。首先，誰是你的受眾？（他們通常和你想的對象不一樣。）再來，你對他們有什麼期望？（這通常也和你原本想的不同。）最後，在第三部分裡，我會教你如何按部就班地創造出自己的故事，這個故事能轉變閱聽群眾看待世界與自身的方式，進而改變他們的行為。

就如同勒西菲運動俱樂部球迷的案例告訴我們，所有的事實、圖表與邏輯推理都只會令人抗拒。你的受眾不會因為你告訴他們該怎麼做就照做，而是因為他們自己想做、因為感覺對了——這就是故事的神奇力量。

2 視覺藝術學院位於紐約曼哈頓中城，是美國規模最大、最具領導地位的獨立藝術學院。

Story Is Our Survival Guide

故事是我們的生存指南

1

第1章・「沒有故事就會死」是真的

「當大腦獲得說故事的力量時（我想補充一下，這是一種單純的力量），人們就開始有了意識。」

——葡萄牙裔美籍神經科學家達馬吉歐（Antonio Damasio）

幾年前，我接受紐澤西州某個小型學區的聘請，協助老師運用故事來教導寫作。雖然我很想說，學區教育長雇用我是因為他知道，在了解故事之前，再多的寫作練習都是徒勞，或是他明白，了解故事是進行批判性思考的基礎——可惜事實並非如此。他聘請我是因為這個學區的升學考試成績很低，於是他心想，如果學生們學會運用故事的力量，也許有助於提升成績。

我很快就發現現場面臨什麼樣的困難。每位老師都很討厭考試，也很頭痛自己必須強迫學生死背各種資料。我第一次與來上課的教職員見面時，一名沮喪的五年級老師說，只因為會考，讓他花了好幾個月的時間在教學生一些不懂也沒差的東西。

另一位老師則說他對學生直言：「聽好了，這些東西有百分之九十你們都不會在現實生活中用到。考試結束後，你們就可以忘了，但無論如何，我們還是得先學。」他認為對學生實話實說，大家至少可以在為了考試而辛苦背誦時，一起吐槽此事有多荒謬。

「量化」是一個重要關鍵字，而這就是諷刺之處，叫人難過。我們只能針對那些可量化的事物進行測驗，所以變成重視數據勝過一切，只因為它們可以被量化。背好數據能在考試裡拿到高分，並且向這個世界宣告自己很聰明，這傳遞出一項明確的訊息：能記住資訊是聰明才智的象徵。

事實上，背誦資訊遠遠不如能讓他人理解我們那麼重要（後者讓人類成為成功的物種）。更糟的是，我們對「事實」的力量抱持著錯誤的信念，這正是讓多數人的心聲無法被聽見的原因。

過去我曾在一堂英文課裡，幫助一群十二歲的孩子親身體驗「故事」與「事實」力量有何不同，那次的經驗讓我終身難忘。當時我手上有很好的素材，那時適逢美國詹森總統「向貧窮宣戰」[3]政策十五周年，《華爾街日報》刊登了兩篇國會議員探討此一主題的社論。其中一位是共和黨員，另一位則是民主黨員，兩篇社論放在一起看，可說是截然不同——我說的不是意識形態的差異，而是呈現方式的不同。

孩子們圍坐在地上，準備好聽我朗讀兩篇社論開頭的段落。第一篇是這樣開始的：

> 我擔任參議員三個月就已經親眼看到，在華府發生的兩黨爭論使我們無法一起採取合理的行動，來應付那些最迫切的需求。

接下來，文中既陳述抽象概念，也舉出統計數字……這部分不想看的人可以跳過：

> 我很高興聽到有更多人談論貧窮。但我們不能陷入兩黨政治的二分法思維。數據（而不是乏味的政治或意識形態論述）一定可以達成這個目標。因此，讓我們清楚地呈現事實。聯邦政府在經過半個世紀的努力後，大幅縮減了老年人中的貧窮人口（從一九六〇年的百分之三十五下降至二〇一一年的百分之九），使所謂的「深度貧窮」（deep poverty，意指那些收入在貧窮門檻一半以下的人）降低至百分之五點三。此外，根據白宮經濟顧問委員會的最新報告指出，若將抵減稅額與其他支出納入考慮，整體貧窮率也下降了三分之一。

我觀察孩子們的肢體動作，他們有試著仔細聽。畢竟我是客座講師，他們想表現出禮貌的態度，但那一雙雙呆滯的眼神彷彿在說：「現在是怎樣？」接著，我開始朗讀第二篇社論，開頭是這樣的：

有一天，在威斯康辛州密爾瓦基市的普拉斯基高中，有兩名學生打了起來。教職員試著將他們分開，但其中一位名叫瑪麗安娜的年輕女孩不願意收手。

突然間，孩子們紛紛傾身聆聽，那呆滯的眼神消失了。接下來的故事是：

於是，校內廣播開始呼叫「露露」。露露一抵達現場，很快就緩和了緊張的局面。普拉斯基高中的所有人——所有老師與行政人員，那天只有一個人能跟瑪麗安娜溝通，那個人就是露露。

露露就是露易莎太太，她是普拉斯基高中「無暴力區域計畫」[4]五位青少年顧問裡的一員。他們大多是近幾年畢業的校友，在窮人較多的舊城區長大，身上的傷疤證明這一切；他們曾經是幫派成員，親眼目睹過暴力。他們沒有大學以上的學歷，或經過國家認證。他們有的是某種更重要的東西，那就是威信。這些青少年顧問明白學生們正在經歷些什麼，因為他們也有過同樣的掙扎。

3 War on Poverty，一九六四年一月八日，美國總統詹森發表國情咨文，正式宣佈對貧窮宣戰，以改善當時超過百分之二十的貧窮人口。

4 Violence Free Zone program，指針對幫派成員與青少年所進行的干預措施。這些區域會試圖透過提供諮詢、指導、職業培訓，以及有效的學習環境來遏止暴力。

讀完後，我問：「哪一篇社論比較吸引你們的注意？」他們一致認為是第二篇，而那是一篇故事。

然而，當我問「你們覺得哪一篇寫得比較好」時，他們卻回答是第一篇，令人驚訝。

我問：「為什麼？」其中一名學生說：「因為那位作者感覺比較聰明。」

「但你們知道這位作者想表達什麼嗎？」他們眨了眨眼，全班都搖頭。

「你們記得他說了些什麼嗎？」所有人再次近乎羞怯地搖搖頭。此時，有個孩子高聲說：「但他真的很聰明。」

這就是問題所在——事實、數據與圖表讓我們顯得聰明（也讓我們覺得自己很聰明），但光靠它們，不能讓別人明白我們的論點，所說的話也無法讓人記住。這意味著，我們若要執行真正能展現聰明才智的事，也就是傳遞清晰的訊息，吸引、說服並啟發他人時，這些數據資料其實沒什麼幫助。

這是所有人都想具備的能力。我們渴望被傾聽與理解，同時對這個世界有所影響，這已經內建在我們的基因裡。不幸的是，基因運作機制缺少一套指南，告訴我們如何清楚表達自己的論點，所以自從語言出現之後，我們都在「向他人解釋」這條路上走。我們通常會運用分析論證、圖表、統計數字，以及比一把安眠藥還要催眠的數據。於是受眾轉過頭去、充耳不聞，開始看手機或想著午餐要吃什麼。你希望他們了解、思考，甚至去做的事，變成了一種背景噪音。這很令人抓狂吧？

就像這些七年級學生一樣，他們不是故意忽視你。他們甚至很努力保持全神貫注，但不管多努力，注意力就是無法集中。

在開始責怪自己前，你必須知道一件事：這並不是你的錯。如同那位聰明的議員，充滿熱情的你將事實、數據與統計數字呈現出來，表現得很出色；你的投影片、推理與成本效益分析都很精準。受眾之所以充耳不聞，是因為這不是我們原本接收資訊的方式，尤其當那些資訊的目的是促使我們做某件不曾做過的事情時，更是如此。也就是說，你和他一樣，從一開始就注定失敗。

把事實直接丟給受眾，大家只會閃避。然而，在故事裡具體呈現相同的事實，大家反而會傾身聆聽，這是因為我們生來就無法抗拒具有說服力的故事。你可能覺得聽起來有點誇張，但我並沒有誇大其詞。美國行為科學家珍妮佛・艾克博士（Dr. Jennifer Aaker）指出，透過故事所得知的事和透過他人的解釋相比，我們記住前者的機率高出二十二倍。了解個中原因為何，正是好好運用故事力量的關鍵，最終讓你聚焦於受眾到底是怎麼接收、處理你所說的每件事。

這就是為什麼在本章，我們將會探討人類生來如何吸收資訊、如何賦予它們意義，以及最後我們決定要怎麼做。因為幾乎所有我們接觸到的資訊，都是由無意識認知[5]在背後進行評價，雖然我們並不知道這一點。我們將從這裡深入探究，為何我們對故事的力量如此視而不見，並巧妙破解客觀現實的迷思，以及介紹「故事是為了娛樂」的觀念。最後會探討故事的「演化目的」；無論是過去老祖宗依賴緊密連結的小族群尋求生存時，還是科技發達的現在，它都非常重要。

被埋沒的大腦潛意識

我記得多年前曾經聽過一個說法，一份星期日《紐約時報》上刊載的資訊量，遠比中世紀平民一生所學到的還要多。現在這個說法也顯得過時。時至今日，資訊不會躺在門口或信箱等我們取走，然後在空閒時瀏覽。網路讓資訊不停地從四面八方向我們湧來，而且不再有人幫我們篩選，所以有時感覺像是疲勞轟炸。資訊不僅急速增加，我們通常也無從得知資訊提供者的真正目的。

更可怕的是，和現實世界中時時刻刻轟炸感官的資訊相比，你在網路上接觸到的訊息量只是小巫見大巫。就如同我在第一本書《大腦抗拒不了的情節》裡指出的，是每秒鐘有一千一百萬筆資訊朝你湧來。你或許覺得哪有可能，但不妨想像一下，要是你必須賦予所有資訊意義，或有意識地監控自己每一天所做出的每一個決定，應該就會有點概念了。（據估計，我們每天約做出三萬五千個選擇，其中光是與食物有關的選擇就有兩百二十六個，難怪決定晚餐要吃什麼是如此困難。）

幸好在這三萬五千個決定裡，只有七十個需要我們有意識地思考，而它們多半都是像「我今天該穿黃色或綠色襪子」這樣無關痛癢的事。至於那一千一百萬筆資訊……我們的大腦一次只能稍微注意到四十筆，如果當中有需要特別留心的，數量就剩下個位數。[5]

由此可見，我們特別關注的那幾件事應該很重要。確實如此。大腦用來篩選龐大資訊的機制很簡單——它此時是否與我有關？它是否會對我造成某種影響？我需要格外留心嗎？因為如果不這麼做，你的大腦就得一一過濾其他一千零九十九萬九千九百九十九筆資訊，以免哪件極為重要的事躲過「雷達」的掃射，直接朝你襲來。

神經科學家將這座雷達稱作「無意識認知」。請把它想成一位守護者，不辭辛苦地看顧你、努力掌握重要資訊，並隨時通知你。這與我們所以為的狀況相違

---

5 cognitive unconscious，指在沒有意識到的情況下，對感知、記憶、學習、思想與語言進行處理。

背，以為這一切都由「意識」主導，畢竟我們一整天都在做決定。這是人類相當自豪之處。不過有個小麻煩，大腦負責思考的區域（你的無意識認知從上百萬筆無關緊要的資訊中挑出幾件重要的事，再由這個區域進行思考）行動非常遲緩。即便是做出最簡單的決定，都需要驚人的專注力、耐性與精力。大腦的重量只有體重的百分之二，但當一個人全神貫注時，大腦會消耗你體能的百分之二十五。事實上，認真思考真的會燃燒熱量，雖然對維持良好體態沒什麼幫助就是了。

你的「思考腦」負責思索如何處理那些無意識認知無法立刻知道答案的事，例如說，長期來看，三十年期的固定利率房貸是否會比十五年期的浮動利率房貸花費更大。或者在遠古時代，思考要躲在哪裡，才不會讓飢餓的獅子找到你，以及當獅子飛奔而來時，要怎麼與其他人聯合起來擊敗這頭猛獸。

這不是容易的事，因此常被視為莫大的成就。擁有思考、分析與推理的能力很美好，若我們不具備思考能力，就無法進行這樣的討論。問題在於，我們往往認為思考腦是獨立運作的。實際上並非如此，在思考腦扮演重要角色的同時，其他繁重的工作都在背後默默進行著（但我們並沒有察覺到）。如果沒有無意識認知，人類想活下來會變得更加困難。

比方說，某天你下班開車回家。在彎路上行駛的你，看到前面有一排紅色的車尾燈。若必須依賴思考腦從頭開始進行推理，過程大概會是：「嗯，這些紅燈可能代表前方的車子已經放慢速度。不，等等，根據眼前所見，它們已經停了下來，而我開得很快……我想我最好把腳放在……」這時，你可能已經一頭撞上前面那台車。但這種事絕對不會發生，因為你的無意識認知會提供保護。有時候你可能會覺得，自己好像在意識到那些紅色的車尾燈之前，腳就已經踩在煞車上了。你的感覺是對的，神經科學家發現，我們的無意識認知常掌控一切，並率先採取行動。因為它的目標是讓我們活下來，同時保護自我意識不受到傷害。如果沒有它負責鎖定重要的事，並對周遭排山倒海的資訊置之不理，我們的意識早就淹沒其中。

同理，除非知道你的行動召喚（亦即你希望他人做出的改變）為什麼對受眾很重要，否則你精心設計的提案也會被資訊海嘯捲走。但在明白到底什麼事對受眾很重要之前，你會先面臨一個問題：「他們怎麼曉得什麼事對他們很重要？」（還有，我們又該如何知道？）若無意識認知總是比我們搶先一步、試圖確保我們獲得自己想要的東西，它怎麼知道我們想要的究竟是什麼？答案很簡單，因為無意識認知完全掌握住我們。

什麼事很重要？

故事遠比文字早出現，並且早在被誤歸類為「虛構內容」前（小說、電影、精彩的串流影片和動聽的謊言都列入其中），就演變成一種不可缺少的生存工具。我們並非「創造」故事，而是「發現」它的存在，因為故事是大腦分析一切事物的視角。這就是為什麼，故事最早與虛構內容無關，它原本是我們評價自身遭遇的必要方法。

大腦會問：「就我的目標來看，這件事對我有什麼影響？」人類一開始的目標很單純，那就是在物質世界生存，時至今日，目標又增加了一些。我們除了仍想活著看到明天的太陽，也開始希望能住在很棒的房子裡，擁有摯愛的家人與一份好工作，銀行裡最好也有點存款。我們都是自己人生故事的主角，會根據「對自身的影響」來衡量所有遭遇——無論是物質上、觀念上，還是社交上的事件。這就像飛機起飛前的那句廣播：「在幫助身旁的人之前，請先戴上氧氣罩。」畢竟，如果你自己都不能呼吸，又怎麼有辦法幫助別人？你必須優先考慮自己，從演化的觀點來看也是如此。

我們忠貞不渝的無意識認知絕對不會放棄「生存」這項任務，這就是為什麼，在任何情況下，我們判定各種事件的指標都是：這對我有益還是有害？

我們之所以需要無意識認知的幫助，是因為事件本身都是中性的。舉例來說，若我告訴你，現在外頭下著傾盆大雨，這對你有任何意義嗎？我想應該意義不大，除了「該死，早知道就帶傘出門」以外。然而你若是一位正面臨三年大旱的農夫，眼看就要失去祖先留下來的土地，這時你可能會在雨中高歌，並且手舞足蹈。如果今天是你寶貝兒子結婚的日子，新人精心策畫了一場眾人期待已久的戶外婚禮，你或許會窩在家裡哭泣。

又或者，面臨大旱的農夫也可能會因這場雨而哭泣。因為種田並非他真正有興趣的志業，本來這場旱災有機會促使長輩拋售農地，讓他擺脫農夫的身分，如今卻泡了湯。至於新郎的父親，他可能覺得兒子根本選錯對象，所以暗自竊喜這場雨讓婚禮延後舉行，希望這小伙子會在最後一刻清醒過來。

光是「下雨」一件事就有五種截然不同的涵義；這些涵義並非取決於大雨本身，而是這場雨將為當事人帶來什麼樣的利弊。就如同你所看到的，一件事的意義很主觀，向來視故事背景而定。故事提供情境，不論那是我們告訴自己的故事，還是其他人編出來的故事。

當你不明白某件事如何或為何會對你造成影響時，它就會變成被無意識認知過濾掉的那一千零九十九萬九千九百六十筆資訊中的一筆——包含以前老師要你背起來的代數與元素周期表。若沒有情境賦予相關性，就不會產生情感共鳴，這件事對我們來說就不具意義。

這就是為什麼要使別人明白你的論點，同時讓他們感覺受到傾聽與理解的祕訣就在於，先了解為何故事掌控我們的生活，再好好利用它強大的說服力帶來改變。

那為什麼我們很少這麼做？有兩個主要原因。

客觀現實的迷思

忽略故事力量的第一個原因，是因為我們往往不認為自己是透過故事進行主觀思考的。我們傾向自認很「客觀」，覺得任何跟自己一樣聰明、精明、理智的人都是如此，殊不知這種「客觀」是由我們各自的人生經驗所定義的。這也就是為什麼，那些在你看來清晰明確、富有啟發性的資訊，有時會令其他人感到困惑，不知道你到底在說什麼。雖然這個概念看似淺顯易懂，我們實際上卻很容易忘記。就像美國作家華萊士在《這是水》（This is Water）中寫的那個老掉牙笑話：

有一隻年長的魚問兩隻小魚：「今天的水感覺如何？」牠游走之後，其中一隻小魚對另一隻小魚說：「水是什麼鬼東西啊？」

我們的主觀故事，就是我們優游的那片水域。唯有了解個人論述究竟「如何」以及「為何」會影響你看到的每件事，你才能使自己的論點與他人的故事產生密不可分的關係。

到目前為止討論的都是個人的「內在故事」，但我們還誤解了故事的另一個部分。故事不僅是我們從出生以來，賦予自身遭遇策略性意義的方式，我們也用它預想未來，讓自己陷入可戲稱為「扮家家酒」的幻想世界。這就是我們沒有察覺到故事驚人力量的第二個原因。故事披著娛樂的外衣，將強大的力量隱藏在絢爛美好底下。

現在是娛樂時間！

有鑑於故事在改變我們看待事物的方式有著強大的力量，你或許會以為人類早已意識到它的力量。可惜自古以來，我們就對這股力量視而不見，故事能提供的可不只是愉快的消遣而已。

由於沉浸其中感覺極為美好，一般常誤會故事的重點在於助人逃避現實。想想辛苦工作了一天，回到家後我們都做些什麼？打開電視開始追劇，或拿起小說來看，因為我們想放鬆一下，拋開現實生活中的種種考驗和挫折。我們日日在競爭激烈的世界中打滾，逃避一下是應得的獎賞。

此外，沉迷在故事裡能夠讓我們按下暫停鍵，把所有的煩心事暫擱一旁。大家常認為若少了這些故事，生活雖然會變得無趣許多，但我們還是可以活得很好，畢竟故事只不過是一種心靈慰藉，似乎沒有什麼更實際的用途。然而，事實絕非如此。就像我在《大腦抗拒不了的情節》中所指出的，從演化的觀點來看，「故事」比人類普遍引以為傲的「對稱拇指」更重要。拇指的功用只有讓我們抓住東西，故事則告訴我們該抓住什麼。

請把故事想成這世界上第一個虛擬實境。少了故事，我們只會注意到此時此刻發生的事，也不會知道有「明天」存在，更別說有能力推斷周遭有什麼潛在的樂趣或危險。沒有故事，我們自然也就沒有過去。當我們不知道什麼事會帶來樂趣或招致危險時，不僅會碰到很多麻煩，也無法活下去跟別人分享自己的故事。

故事是一種模擬，讓我們得以體驗不同的狀況、想像各種誘人但不確定是否值得冒險的機會。我們可以看看那是什麼感覺，以及了解為了存活，自己必須學會些什麼。比方說：

那裡有一些看起來很可口的紅莓，此時我飢腸轆轆。（對了，現在是石器時代，所以無法買冷凍食物回家，再用微波爐加熱。）但我聽說，住在隔壁的尼安德塔人吃了一點這種莓果就翹辮子了，她死前在地上打滾，並口吐白沫。光是知道她死了就夠了，更別提似乎死得十分痛苦。因此我會放棄這些莓果，吃幾隻走味的冷甲蟲果腹，才能活著看到明天的太陽。

換句話說，故事對我們的生存影響重大，它的有趣讓我們特別注意並且不去做危害生命的事。故事和美味的食物、愉悅的性愛一樣令人感到愉快，因為少了它，我們就無法生存。當我們沉浸在故事裡時，那種美好的感覺並非稍縱即逝或隨機出現的，它也不只是為了消遣而已。那是一種生理上的吸引力，使我們拋下現實、沉醉其中。讓人印象深刻的故事會迅速激發強烈的好奇心，使大腦內的神經傳導物質——多巴胺大幅增加，進而產生這種愉悅感。當你跟隨好奇心、找出故事的結局，大腦就用這種方式犒賞你，因為你可能因此學會某件必須知道的事。

為了確保在學到寶貴的一課前，我們不會脫離故事的掌控去做傻事，因此故事也會加速另外兩種神經傳導物質的釋放。當我們為故事主角感到擔憂，會促使「皮質醇」分泌（不要吃那些莓果，不然你會死掉）；「催產素」則讓我們在意故事主角的一舉一動（我不希望你死掉，請改吃甲蟲吧）。

從演化的觀點來看，故事顯然是一種重要的生存機制。因為在過去，大腦得冒很大的風險讓我們脫離現實，並沉浸在故事中。到了今天，一個人如果沉醉在精彩的故事裡直到凌晨，最糟的狀況頂多是在早晨覺得有點疲憊虛弱。但在石器時代，無論何時何地分心都很危險，而這便意味著沉迷於故事對人類來說必定是利大於弊。

也確實如此。故事所帶來的訊息通常代表生與死的差異。

我發誓對我的族群和族群故事效忠

我們很自然就會被遇到的故事吸引，包括茶水間的竊竊私語、在員工餐廳裡碰巧聽到的談話片段、謠言、八卦等，並且在不知不覺中自問：「我會從中學到什麼，能協助我在物質世界存活，以及更重要的一點，在社交圈內生存？」若少了緊密連結的社交圈（也就是族群），人類現在或許仍處於自然界某個中間的階層，而不是佔有支配地位。

我們必須歸屬於一個群體，這是一種生物本能，就像需要水、氧氣和食物一樣。一旦人類大致掌握在物質世界存活的訣竅，例如懂得不要跳下懸崖，以及對自己在食物鏈中的位置有初步了解，演化就到此為止也不是不可能。但如果我們要主宰這個世界，無疑得團結起來，這表示我們必須學會怎麼與他人融洽相處——這點至今依然如此，從幼稚園就開始教我們這麼做了。

為了適應這樣的改變，在約十萬年前，我們的大腦進行了最後一次大幅度的成長。此時，歸屬於群體的本能需求被內建在我們的神經網路裡。美國神經科學家馬修・利柏曼在他的著作《社交天性》裡精準地指出，這與我們對大腦的認知相反：「我們多數人都被教導，人類的大腦經過演化後變大，使我們得以進行抽象推理……但有越來越多證據顯示，大腦變大背後的主要驅動因素之一，是為了增進我們的社交認知技能，也就是與他人互動並融洽相處的能力。多年來，我們都一直認為，最聰明的人分析技巧特別強。然而，從演化的觀點來看，最聰明的也許是那些擁有高明社交技巧的人。」

這種能力讓我們共同合作，一起思考如何運用分析技巧來達成未來的目標

（例如活著看到明天的太陽），這使人類躍升至食物鏈頂端。事實上，以色列歷史學家哈拉瑞在《人類大歷史》一書中指出：「演化對能建立緊密社交連結的人有利。」美國神經科學家麥可．葛詹尼加也在著作《大腦、演化、人》裡做出呼應：「我們已經徹底社會化，這是無可避免的事實。我們有大腦主要是為了處理社會事務，而不是為了去看、去感覺，或思考熱力學第二定律。」

故事賦予我們社交智慧（雖然社交智慧常被誤當作一種「軟技能」），這正是它們深具說服力的原因。我們深入探究、分析聽到的每個故事，試圖理解別人可能會有的想法、感受和信念，而不被他們表面上說了些什麼所惑。**我們不是藉由故事逃避現實，而是透過故事應對現實**。無可避免的是，我們的現實多半由他人形塑而成，這些人全都擁有自己的故事。

從演化的觀點來看，現代人的故事跟老祖宗並沒有那麼不同。直至約一萬年前，我們所居住的世界大致一目瞭然、十分單純，而且根據英國演化心理學家鄧巴（Robin Dunbar）的說法，當時的人類群體多半不超過一百五十人——即便假日也是如此。

這一百五十人就是一個族群，「生存」就表示這一輩子彼此緊密地合作。由於我們的一舉一動都攤開在眾人眼前，因此說謊變成了一種風險，而目睹真相的人會立刻興高采烈地告訴其他人，八卦（也就是更多故事）便是這樣誕生的。

儘管我們給予八卦負面評價，科學家認為它們具有重要的演化目的，讓這些早期社會的成員承擔責任。他們必須如此，因為整個族群都有同一個基本目標：活著看到明天。他們的目標具體而直接，例如狩獵或挨餓、尋找水源或渴死、躲避猛獸或被咬得皮開肉綻。為了達成這些目標，他們必須一起合作。若有人沒有盡到責任，欺騙的後果不僅可想而知，同時也會對整個族群造成嚴重的影響。被揭發意味著被排擠，這是一個致命的代價。

無論是過去或現在，對社交疼痛[6]的強烈恐懼，都使我們不背棄對所屬族群的信仰體系。對此，加州大學洛杉磯分校的社會與情緒神經科學實驗室主任艾森柏格（Naomi Eisenberger）表示：「社交疼痛的重要性要歸因於演化。從古至今，我們都依賴他人而生存；他們養育我們、幫忙搜集食物，並且抵禦猛獸與外族的侵犯。社交關係確實讓我們得以存活。於是，也許就像肉體疼痛一樣，被拒絕的傷痛逐漸演變成一種生命威脅的象徵。或許自然界採取了一條巧妙的捷徑，直接借用肉體疼痛的現有機制，造成在我們的大腦裡，骨折與心碎的感覺是緊密連結在一起的。」

---

6 social pain，指因為在群體中被拒絕、排擠而產生的心理傷痛。

由於本能驅使我們對自己所隸屬的族群忠誠，要求我們違背這個族群的信仰會被視為一種威脅。即便你所說的一切完全屬實也無所謂，對族群中的其他人而言，這種舉動無疑就是挑釁。然而，你的論點若能透過符合受眾世界觀的故事傳達，這不僅能激發你想要的改變，還能促使受眾向整個族群宣揚你的理念。

重點整理

對於我們該注意和記住哪些資訊，大腦有一套基本規則。但故事持有永久通行證，較容易將資訊轉入長期記憶裡。這就是為什麼，當你之後開始創造自己的故事時，最好記住以下幾點：

1. 無論何時都有許多訊息向我們湧來，大腦會過濾掉所有與我們不相干的資訊。我們的無意識認知就像守門員，擋下對生存不必要的資訊。

2. 我們判定每件事時都會問一個問題：「就我的目標來看，它對我有益還是有害？」如果都不是的話，它就只是一種雜訊而已。

3. 故事是一種生存機制，讓我們賦予過去與現在意義，同時預見未來，以便為潛在的樂趣與危險做準備。因此，故事可說是「大腦的語言」。

4. 有越來越多證據顯示，人類的大腦演化並沒有使我們更擅長抽象推理，而是更能讀懂人心。我們的目標在於，與自己所隸屬的族群緊密連結、不做出愚蠢的事，以免付出致命的代價。

第2章・把事實忘掉

「豐富的資訊導致人們缺乏注意力。」
——諾貝爾經濟學獎得主赫伯特・賽門（Herbert Simon）

事實之所以令人感到欣慰，是因為它們似乎不帶情緒、合乎邏輯、立場堅定而不偏頗、值得信賴。畢竟，事實是客觀的；換句話說，就是真實牢靠、毋庸置疑。可惜的是，其中總是摻雜了一些柔軟的部分，這才是事實對我們的真正意義。

A事實：地球大氣層正在暖化。（當然，但這不是人類造成的。）

B事實：人類成功登陸月球。（竟然有人相信那個預錄好的造假影片？）

C事實：健康飲食、不抽菸、充足運動是長壽的關鍵。（那我的爺爺呢？他的酒癮與菸癮都很大，還喜歡吃香腸，他活到一百零五歲。）

如同在上一章提到的，我們往往沒有察覺，所有人都會用自己的主觀視角，也就是個人論述來看待客觀事實。激烈的政治辯論就充分顯示出，我們都用截然不同的方式來看待所謂的「客觀現實」。

但由於生物本能讓我們對自己的主觀視而不見，在遇到意見相左的人時，我們就會煞有介事地想：「只要能讓他們了解實情，雙方就能達成共識。所以，我會再說明一次。」也就是說，遇到這種情況如果我們沒有被怒氣左右，通常會選擇對這些人曉以大義。然而，由於那些事實對於對方的意義完全不同，他們會覺得我們才是盲目的那方。

好在他們還願意聽你說話，但這麼做是為了思考如何反駁，等你解釋完就換他們解釋了。請你深呼吸，別動怒，事情是這樣的：這並不是因為他們很頑固，事實上，他們可能沒有意識到自己的行為，而這都要歸咎於神經系統。

一旦我們相信某件事，就不認為那只是一種想法，而會覺得那是人人都能看得一清二楚的「事實」。也因此你不能以事實相爭，問題不在於事實本身，而在於受眾所解讀出的主觀意義，讓他們聽不見你到底在說些什麼。聆聽不是件容易的事，反之亦然。

這就是為什麼，在你開始創造故事、藉此改變受眾看待世界的方式之前，你必須先了解這個主觀意義究竟從何而來，否則可能會誤以為自己對事實的解讀很客觀。因此本章將透過研究結果來探討，人類會如何本能地抵抗那些試圖對自身信念提出挑戰的人。我們將探究，為何事實會使人產生「客觀」的幻覺，進而對它的力量有所誤解。此外，我們也會看到故事如何在不知不覺中，將事實內化並納入信仰體系。

但我們得先理解，人是怎麼對「事實」做出反應的。

關於事實的真相

我們的大腦巧妙地將事實分成四大類：

中性事實：據我們所知，這些事實目前與我們無關，自然會迅速忽略。（泡泡糖含有橡膠。）

警告性事實：這些事實代表某樣東西顯然會傷害到你，無論那是實際上的危險（有獅子，快跑！）還是社交方面的風險。（若媽媽發現你把車子弄壞了，你將被禁足一輩子！）

驗證性事實：這些事實支持某件我們相信的事。（吃巧克力對身體有好處。）

衝突性事實：這些事實與我們所知道的正好相反。（你說地球是圓的？你被誰洗腦了？）

上述的最後一個反應，會使理智的人認真舉出所有的重要事實與圖表，澈底證明地球不是平的，來證明自己的想法是正確的。接下來，那些「地平說者」同樣會舉出的事實與圖表，急切地想證明地圓說的想法完全錯誤，而非停下來想想我們的論點是否有道理。結果就是，我們以為自己駁斥了他們愚蠢的觀念，卻完全沒有意識到反而只讓他們確信，我們受到了誤導。

試著用事實來使別人對他堅信的事改變心意，最好的情況是招致誤解，最壞的狀況則是彼此拳腳相向。因為當我們根深蒂固的信念遭到反駁時，會立刻被激怒，覺得這些話是在挑釁。這不是因為這些事實本身具有煽動性，而是因為它與聽者所抱持的觀點牴觸。衝突性事實是我們最希望避免的，無論是直接提及，還是把它們放進故事裡。

中性事實也好不了多少。它們或許千真萬確且完全客觀，卻不會對我們產生實際影響。試想一下，從地球到月球有二十三萬八千九百英里，或是英語中用「琥珀」來當作顏色名稱的首次記載出現於西元一五〇〇年，抑或是……喂，醒醒啊，我在跟你說話！

如果你睡著了，那是因為你的大腦出面制止，同時問了一個很合理的問題：「為什麼我得在意這件事？」就如同美國神經科學家葛詹尼加所說：「每個決定在我們的大腦中都經過是要『向前趨近』或『向後撤退』的過程，也就是判斷它是否安全？」其附帶條件是：不僅大致安全，而且不會對我們的某個目標造成傷害。

讓自身保持安全狀態是一項艱鉅的任務，我們沒有時間理會那些中性或抽象的事實，不管其他人（甚至是你自己）覺得它們有多重要都一樣。除此之外，請想一下，當某個人提供某個資訊給你時，你要做些什麼事。你必須先思考並判定它有何涵義，接著把它放進某個情境裡、跟自己說一個關於它的故事，如此一來，你就能明白，它是否對你很重要以及原因為何。

這聽起來就是很龐大的工作量。美國神經科學家保羅・札克（Paul Zak）在電子雜誌《大腦》（*Cerebrum*）裡就指出：「注意力是一種稀有的神經資源，因為從生理學的觀點來看，集中注意力會消耗很多能量，大腦必須節省資源。」注意力要留給對我們真正重要的事，在其他事情上浪費精力是很愚蠢的。

你知道這意味著什麼嗎？在中學時曾經因為不專心而惹來麻煩，那並不是你的錯，你也無從選擇，錯的是你的大腦。即便你試著把注意力放在某件感覺毫不相干的事上（例如記住每一任美國總統），等老師叫到名字時，你才赫然發現自己其實一直在想「還有多久才吃午餐」。

但從小學開始，各種事實就呈現在我們的眼前，好像如果它們是客觀且正確的，就擁有重要意義。若我們沒有立即採取相對應行動，很可能會有重大的影響，然而少了故事將事實放進情境裡，我們又怎麼會知道？

我曾經親身體驗過這個問題。多年前，我向美國國家海洋暨大氣總署[7]底下的一個團體進行演講，主題是「故事的力量」。這個團體負責為他們的教育工具「小

7 National Oceanic and Atmospheric Administration，隸屬於美國商務部（United States Department of Commerce）的一個科技部門，主要關注地球的大氣與海洋變化，提供對災害天氣的預警，並管理對海洋和沿海資源的利用與保護。

球大世界」撰寫腳本，根據官方網站的介紹，那是「一個位於房間內的球型顯示系統，利用電腦與投影機將觀測資料投射在一個直徑六英尺、貌似巨大地球的球型螢幕上」。你能從這段文字想像出它的樣子嗎？（我也想像不出來。）你倒是可以想像自己走進一個漆黑的房間，房間的正中央懸浮著一顆龐大地球。這顆地球閃閃發亮、佈滿海洋，時而出現暴風雨、颱風以及美麗的夕陽。

好的，現在讓我們來看看問題到底是什麼。國家海洋暨大氣總署的目標是先吸引受眾（懸空的球型螢幕本身成功做到了這一點），接著幫助他們了解氣候變遷將帶來的可怕後果。你看了可別笑，這些科學家真的搞不懂為什麼以下敘述無法發揮效果：「二氧化碳的濃度將逐漸上升，並且在二一〇〇年時達到717ppm，這幾乎是二〇〇〇年的兩倍。這項數據預測，北美洲的氣溫將會上升華氏八點八度，全球氣溫則會上升五點二度。」

呃，這到底是好事還是壞事？我自己不愛穿毛衣，氣溫只上升八度聽起來還可以接受。更別提我得聽完前面一長串，才會聽到關於氣溫上升的部分。科學家都很錯愕，這些「事實」如此具有煽動性，怎麼無法立刻吸引受眾的注意，讓他們發誓不再使用塑膠製品、開休旅車、吃漢堡、沖很久的熱水澡？

取笑他人的笨錯誤是很容易的事，然而我們自己也常有相似的盲點。就像葛詹尼加指出：「人們往往認為，別人和自己都知道並相信同樣的事，同時也會高估別人所擁有的知識。」這種傾向被稱作「知識的詛咒」。簡單地說，就是一旦你知道某件事，就幾乎不可能理解那些不知道的人在想什麼。美國史丹佛大學心理學研究生伊莉莎白・牛頓，在一九九〇年的博士論文裡，用一個遊戲巧妙地說明了此一現象。

我們理所當然地認為，別人也用同樣的方式看待這個世界、對每件事都有相同的解讀。於是，她把實驗對象分成兩組——節拍組與猜歌組。節拍組的人必須挑選一首簡單的歌曲，例如生日快樂歌，並敲打出這首歌的節奏，然後由猜歌組試著猜出歌名。

但在開始前，節拍組的人得先推測，猜歌組有多少比例的人會猜對。猜的都是大家耳熟能詳的歌曲，能有多難？節拍組相信，平均至少有百分之五十的人會猜中。那剩下的百分之五十呢？嗯，連生日快樂歌都猜不出來的人，你又能說些什麼？

結果，在一百二十次嘗試中，猜歌組只有三次猜對，這表示成功率僅有百分之二點五。節拍組的人對此感到不解，對方怎麼可能錯得這麼離譜？節拍組沒有想到的是，在敲打出節奏的同時，他們也在自己的腦海裡熟練地演奏出那首歌來。

牛頓表示：「敲打歌曲的節奏與其旋律並不衝突，反而相得益彰，變成這場表演不可或缺的一部分。與此同時，受眾對你腦海裡的一切並不知情，只專心聆聽你的敲擊。你腦中那具有意義的曲調，對受眾而言少了清楚的背景旋律，就只是一連串的敲打而已。」

當你把重心放在呈現資訊上時，這就是會面臨的風險，就像那些國家海洋暨大氣總署的科學家一樣。我很肯定他們以為，這些統計數據會使人馬上浮現出以下畫面：正在融化的冰山、糧食短缺、大規模人口遷徙……也就是一個不適合居住的地球。然而，受眾聽到的僅是一堆無關緊要的數字、觀測數據與百分比。這些都是中性事實，根本沒有故事可言，因此不具意義，頂多讓他們心想：「嗯，我知道這些科學家想要告訴我某件重要的事，但我不曉得那是什麼。」

那些吸引我們注意的資訊是能帶來明確、具體的結果，它們甚至不見得會對個人造成直接影響。如果資訊觸及我們的信仰體系、我們如何看待自己，以及我們重視的人如何看待我們（因為在族群裡，社會地位極為重要），我們的注意力還是會被牢牢抓住。比方說，若我小女兒戴西很喜歡北極熊，我可能就會少吃漢堡，因為氣候變遷會把北極圈變成一座三溫暖，她長大後或許會因此責怪我。

只有一種資訊不用仰賴故事的力量就會驅使大家立即採取行動，就是透露危險迫在眉睫的那種，包含必死無疑的緊急事態（「天啊，有顆小行星正朝著後院衝過來！」）以及比較普通的狀況（「我勸你最好不要吃那塊蛋糕……爸又把糖放成鹽了。」）。

驗證性事實也很容易被吸收，因為我們已經具有拆解這些資訊的能力，而且它們證實了某件我們深信的事，讓我們覺得自己很聰明。換句話說，這些資訊與我們的主觀視角吻合。若你的目標是支持受眾現有的想法，這樣的資訊極為有效。

但這種事比較少發生，因為多數提案、廣告以及贊助商訴求的重點在於，說服你的受眾做某件不曾做過的事，也就是要他們改變。這個目的當然可能達成，但並不容易。這不是因為我們頑固或愚蠢，而是自古以來的經驗使我們具備這樣的生物本能：認為改變現狀可能會很危險。這就是為什麼，人會立刻排斥那些挑戰現有想法的資訊。

關鍵在於，促使我們進入戰鬥模式的不是事實（那些論點與訴求）本身，而是它們與我們的個人論述符合程度有多少。請把受眾的個人論述想成他們用來賦予事物意義的「解碼器」，這樣比較容易對他們所認定的錯誤資訊有所提防。畢竟我們知道假新聞很多。

破解我們的「解碼器」

我們的「解碼器」是從哪裡獲得資訊，然後依此詮釋現況呢？答案是從過去，所有我們對事物的解讀幾乎都不是天生內建在大腦裡，也不是因為它們本來就是對的。而是由於在人生中，各種經驗教會我們世上的一切如何運作，我們因此得以存活，同時無論生長在哪個族群，都有成功存活的希望。我們生來就能適應周遭的環境，並且將所屬族群信奉的真理視作自己的真理，依此做出相應的行動。

以「粉紅色適合女孩、藍色適合男孩」這個觀念為例，若你給家裡的小男嬰穿上粉紅色的衣服……嗯，社會上普遍認定這樣缺乏男子氣概，甚至還會說你的閒話。諷刺的是，在過去的社會裡，這項性別觀念和現在正好相反。

一九一八年六月，一篇刊載在商業雜誌《恩蕭嬰兒用品部》裡的文章說：「一般普遍認為，粉紅色屬於男孩，藍色屬於女孩。原因在於，粉紅色是更果斷、堅強的顏色，更適合男孩，藍色則更纖細、雅緻，更適合女孩。」直到一九四〇和一九五〇年代，顏色背後的「故事」才澈底被翻轉。

現代社會是不是已經捨棄了這種觀念？我前陣子參加一個復活節活動，排隊購買可以讓孩子放彩蛋的提籃。一名男子帶著年幼的兒子排在我前面，這個小男孩急切地指向想要的籃子，爸爸看了一眼就後嚴厲地說：「不行，那個籃子上有粉紅色的條紋，我們要買的是另一個。」你得瞇起眼睛才能看見那條細細的粉紅色條紋，但這位爸爸就是不能接受。

想罵這位爸爸是很自然的一件事，我的第一個反應就是這樣，但在一名冷靜且觀察入微的朋友幫助下，我克制住了衝動。他指出，在這位爸爸從小成長的環境裡，男孩子可能會因為選擇這樣的籃子而遭到取笑與排擠。有哪個爸爸會想看到這種事發生在孩子身上？他的「解碼器」告訴他，必須立刻加以阻止，以免對孩子未來的成功造成阻礙。從演化的觀點來看，任何對自己孩子的威脅本身就是一個巨大的演化刺激。

這位爸爸沒有意識到的是，他當年成長的環境或透過故事所教導的觀念已經不復存在，或者是正逐漸改變。這有一部分是因為世人察覺到，這樣的性別規範不僅讓人備受束縛，也是一種需要改變的社會結構。

我們將文化信仰視作一種客觀事實的同時，也將文化所認為的生存必要條件予以內化。比方說，如果你生長在非洲迦納，可能會喜歡吃肥嫩多汁的白蟻，或者在泰國，吞食蠕動的蟲子是很正常的事。在美國長大的我光是用想的，就覺得這兩件事令人渾身起雞皮疙瘩，但這並不是因為食用昆蟲在客觀上有什麼錯。事實上，昆蟲是很好的蛋白質來源，但我從小被教導「漢堡是拿來吃的，蟲子是得殺死的」。雖然仔細想一下會發現它們並沒有那麼不同，甚至可以說，吃死掉的牛做成的漢堡排更噁心。一個人再喜歡吃漢堡，也少有勇氣殺死一頭牛。然而，殺死一隻蟲子再怎麼簡單，對我們來說要吃下去真的好噁心。

此外，當我們用「解碼器」來解讀所謂的「客觀」時，還必須將情感與精神層面也納入考量。住在印度的讀者可能就會想：「等等，你吃牛肉？你不知道牛是很神聖的動物嗎？」更不用說那些覺得吃任何動物都很殘忍的讀者了。這也是重點所在：每一群人都深信自己是對的。這一點雖然顯而易見，但有個比較少人注意到的事情是：我們往往認為，那些意見相左的人只是「選擇」相信自己覺得重要的事，因此當反面證據呈現在他們的眼前時，他們就會選擇改變想法。

「我們生來就會客觀、公正地衡量各種證據，然後只根據『經驗證據』來決定要相信什麼事」的這種觀念，本身就是不正確的，偏偏很多文化都將它視作人性的基石。就如同英國神經科學家塔莉・沙羅特在《你的大腦決定你是誰》一書裡指出：「儘管我們很喜歡接收各種資料，結果顯示，大腦讀取資料與做決定的方式，實際上和多數人所以為該有的方式截然不同。這種以資訊與邏輯為優先的問題在於，它忽略了我們之所以為人的關鍵，也就是人的希望、渴望、恐懼與行為動機。」這個「應該是這樣吧」的誤解非常糟糕，讓很多人都相信，純粹根據資料來做決定是可能也恰當的。也因此，完全不根據客觀邏輯來做決定，被視為一種性格瑕疵。

還好真相令人感到欣慰：演化本身是一個很聰明的機制，知道「分析思考」無法讓我們走得長遠。這種能力的確使人類與其他物種明顯不同，但我們之所以能主宰這個世界，完全是仰賴其他因素。

結果，我們最值得誇耀的不是批判性思考，而是與他人融洽相處的能力。這就是為什麼，從出生的那一刻起，「解碼器」就會根據我們所隸屬的族群來記錄一切事物的意義。如此一來，我們將永遠遵照族群所奉行的「真理」行事，藉此確保自己能存活下來。在約十萬年前，我們的大腦發生革命性的進化，促使一套比箭頭、石錘與彈弓更複雜、有力的工具誕生，那就是「語言」。語言能賦予「客觀事實」主觀意義，並將它傳遞出去，讓我們得以團結起來、計畫下一步，一路發展至今。

為什麼連客觀事實都感覺像謊言？

一直到近期，我們都不太需要區分「客觀事實」與「主觀詮釋」之間的差異。這是因為人類過去所接觸的環境空間有限，而且變化不大——就算有也是一望即知。聽起來很無聊，但並非如此，因為環境中的糧食與水資源稀少、氣候惡劣，四處遊走的猛獸不僅體型比我們龐大，也危險許多，使生存變成一項艱鉅的任務，必須隨時保持警戒。

由於經驗提供給我們的策略性資訊是如此穩當可靠，加上所屬族群小而孤立、成員都是同族人，自古以來，我們所抱持的世界觀幾乎一成不變。比方說，獅子總是把你當成可口的點心，所以逃跑當然是最好的選擇。一旦人生教會我們某個重要課題，它就被賦予生物學上意義，並視作客觀事實、寫入人類的無意識認知裡。誰會笨到去挑戰這到底是不是事實？絕大多數的人不會這麼做，我們自己所屬族群的成員當然也不會，畢竟要是少了彼此，族群就無法生存下去。共同合作是我們得以存活的關鍵，所以族群認同變成了我們的個人認同，大家擁有共同的信念。這樣的世界可說是極度單純，為了求生存，所有族群成員都戴上相似的「解碼器」。

這套模式倒也運作得還不錯。然而，當人類變得善於合作之後，發現原來我們可以打敗那些猛獸、自己種植作物。於是停止不斷遷徙、開始定居下來，並改變所有我們能獲得的東西。過去的一萬年，我們都在做這些事，缺點就是演化的速度非常緩慢。儘管我們迅速改變了自然環境與文化環境，不僅脫離食物鏈的限制，現在還能夠利用自動撥號技術，在十億分之一秒內打給數十億人，提供他們「房貸再融資」的服務，還是有一樣東西我們無法快速改變，那就是神經網路。

過去那個世界與我們現在身處的世界，是兩個截然不同的地方。諷刺的是，因為學會合作無間，我們得以分成數百萬個族群，不再由地區劃分，而是由政治立場、宗教信仰、財務狀況以及最喜歡的六〇年代歌曲來定義。時至今日，每個族群都有各自的解碼器，而每個人也都擁有自己專屬的一套（而且總是不停地改變）。這就是為什麼，身處在現今這個複雜多元且充滿活力的全球化世界，事實都不再簡單、具體且穩定不變。

唉，我們甚至無從得知一則資訊是否屬實。在過去，石頭就是石頭，如果有人說石頭是羽毛，要證明他是錯的很簡單，只要拿石頭往他的頭上砸就好。到了今天，經常無法證明一則資訊是否正確，因為我們不具備複雜的知識，無法自己找出答案。你知道要怎麼弄清楚，大型強子對撞機[8]是否真的可能會產生低速微型黑洞，進而導致地球毀滅？我也不知道。不過顯然對某些人而言，這確實是值得關切

8 Large Hadron Collider，簡稱LHC，是位於瑞士日內瓦近郊歐洲核子研究組織（CERN）的對撞型粒子加速器，作為國際高能物理學研究之用。

的大事。

除此之外，今天已經被證實的事實也許在明天就變成澈底的謬論，如此往復。吃蛋對你很好；不要吃蛋，除非你想心臟病發；等一下，吃蛋並沒有那麼糟。不，等等……哎呀，算了，我要去吃鬆餅了。是的，當然是無麩質鬆餅啊！

這並不令人意外，就像比利時模控學家海萊亨（Francis Heylighen）在期刊《資訊社會》（The Information Society）裡指出：「今天世人被迫面臨許多資訊與機會，並進行思考；這些資訊比他們能有效處理的還要多。『數據煙霧』[9]讓這種資訊超載的現象變得更為嚴重。資訊產出很容易，因而導致資訊品質低下。」

經過演化的神經網路幫助我們生存，但那個穩定不變的世界已經不復存在。因為我們進展飛快，演化的速度根本趕不上。這使我們犯下很大的錯誤：一旦經驗教會我們什麼事，我們就將之視作不可改變的事實，並且內化成自己的一部分——不管這經驗是來自父母親奉行的真理、我們聽來的故事還是親身遭遇。當我們相信某件事，它就成為身分認同的一部分，就連「我用的牙膏比你好」這種瑣事都包含在內。因此，挑戰它就等於挑戰我們和我們所隸屬的族群。換句話說，它代表一種威脅。

這就是為什麼，我們在對新資訊心存懷疑的同時，若該資訊對自身信念提出挑戰，我們往往也會為之激動，很自然地抗拒，彷彿要是改變信念就會死一樣——因為根據我們的生物本能，確實如此。

注意你接收到的文字

我們生來就抗拒改變，而且往往不計一切代價，因為從演化的觀點來看，抗拒改變並不是冥頑不靈，反而是聰明的選擇。

這一切都歸因於一種稱為「自體平衡」的現象，它是這樣運作的：一旦體內環境達到平衡，它的目標就不再只是保持平衡，而是要維持那個特定的平衡，因為過去的經驗證明，這樣很安全（畢竟，我們都還活著）。所以，當生物體（意指所有生物，這當中也包含人類）找到一個能確保其生存的生態環境時，它們很自然就會留下來。

凡是能讓我們活著的，就代表「安全」，即便過得很痛苦也一樣。所以何必要離開舒適圈呢？尤其是當這麼做意味著面臨未知與意外，甚至是更糟糕的事情。

9 data smog，是指龐大的數據與資訊，尤其是透過網路所獲得的資訊。

這也就是為什麼，我們很樂意留在自己熟悉的地方，一邊計畫著等到自己精神夠好、時機成熟，抑或是水星不再逆行時，再進行巨大的改變。就像美國文豪馬克・吐溫充滿智慧的建議：「能後天做的事，就不要只拖到明天。」或者更有可能的是，這件事永遠都不會發生。

當我們的平衡狀態遭遇威脅時，本能反應就是團結在一起，為自己的價值而戰，就算別人提供的新資訊其實會讓我們變得更安全也是一樣。

為什麼新資訊會使我們倍感威脅？因為自體平衡起初是人類對自然環境改變的一種生理反應，經過演化，它也涵蓋社交層面，進而產生神經科學家達馬吉歐口中的「社會文化的自體平衡」。所以，我們不僅願意為了保衛自己的土地免於外族入侵，也隨時都能為了所屬族群的信念而戰。

這不是我們有意識做出的決定，而是大腦啟動的保護模式。在一篇刊載於英國期刊《科學報告》（Scientific Reports）的研究裡，主要作者凱普蘭（Jonas T. Kaplan）和同事們募集了一些自稱有堅定政治信仰的人。當這些人在進行功能性磁振造影（簡稱fMRI）時，他朗讀了幾段簡短的論述，對他們的政治觀點提出挑戰。結果是什麼呢？他們沒有客觀地聆聽，並仔細衡量每一項論點的優點，而是表現出與個人受到侵犯時同樣的負面情緒：覺得這一切都是衝著自己來的。這項研究的結論是：「我們對自己的精神生活懷抱強烈的認同感，這當中也包含那些堅定不移的信念。所以在捍衛精神生活時，負責維持生物體內平衡的大腦情緒系統似乎也參與其中。」

但這是為什麼呢？凱普蘭在新聞評論網站Vox上這樣說明：「大腦的首要責任，是看顧並保護我們的身體。『心理我』[10]就是這個部分的延伸。當我們的自我感覺受到侵害時，大腦將會啟動防禦機制，就像它保護我們的身體時一樣。」

對大腦而言，身體上的威脅與對信仰體系的挑戰是完全相同的。兩者都行經同樣的神經傳導路徑，發出信號表示即將受到侵犯，接著我們的身體會依此做出相應的反應，替我們省去弄清楚怎麼回事的麻煩。生氣、爭吵都不是出自於我們的決定。大腦為我們能否生存感到擔憂，拿走了我們的決定權。

從生物學的觀點來看，這一切都從腦部的杏仁核開始。杏仁核是位於大腦顳葉的一個杏仁狀組織，幫助決定要儲存哪些記憶，協助我們邁向未來。一旦杏仁核察覺到任何威脅，它就會產生恐懼，讓我們負責控制情緒的邊緣系統[11]處於高度警

10 psychological self：是指個人對某些信念、意願與價值體系的認定。

11 limbic system：是指由扣帶迴（Cingulate gyrus）、杏仁核、海馬迴（Hippocampus）等所構成的大腦結構總稱，負責處理記憶存取、控制情緒，以及調節內臟活動。

戒狀態。我們的思考腦會立即停止運作，這樣比較容易騰出戰鬥或逃跑時所需要的生理資源。

因此，當你試圖說服任何人相信他們原本不相信的事時，只提供事實將適得其反。英國神經科學家沙羅特也說：「事實上，在面對與自身想法相牴觸的資訊時，人們會想出新的反駁方式，來強化自己原本的觀點。這種現象被稱為『回彈效應』。」這真是諷刺。

即使我們只被要求做出微小的改變，例如改把髒碗盤直接放進洗碗機，或發現粗粒花生醬口感比柔滑花生醬更勝一籌時，也會發生這種事。對一個「客觀」的觀察者而言，這樣的改變或許很微小，但當我們是被要求改變的那個人時，就完全不是如此。不，這不是因為我們小題大作，而是從生物本能來看，這確實是件大事。

當你提供某個人新資訊，特別是那種暗示若他用不同的方式做事可能會更好的情況，往往會被對方解讀為你在告訴他：「你做錯了！」

說真的，這麼做真的很難成功。還記得我先前提過的，光是對另一半說「我們得談一談」，就表示這場對話從一開始就注定失敗。為什麼呢？因為不管你如何小心翼翼地開口，大腦都會迅速地進行評估，然後發現「我們得談一談」這句話應該被解讀成「有件事你必須改變」。因此，從心理學的觀點來看，你的另一半已經做好吵架的準備。

你或許會想：「我並沒有要傷害我的另一半。我只是希望她記得蓋上牙膏的蓋子而已。」噢，所以你要告訴她的是，她**做錯了某件事**。大家注意力只會放在這裡。於是現在，她的目標變成證明你才是錯的，更可怕的是，她曾經懷抱著的一點同理心都消失了（比如她可能也暗自覺得管口那些乾掉的牙膏很噁心）。現在輪到她發動攻擊：「那你有聽過洗衣籃是什麼嗎？把濕毛巾掛好有沒有聽過？」然後兩位就會吵得不得開交。

這就如同《黏力，把你有價值的想法，讓人一輩子都記住！》一書中指出：「問題在於，當你給聆聽者重重的一擊時，他們會設法還手。他們的反應取決於你傳遞訊息的方式。如果你提出一項爭論，就等同於暗示對方要做出評價，於是他們會爭辯、批判，然後予以反駁（至少會在心裡這麼做）。」

然而，故事會使大腦負責分析的區域停止運作。你是否曾經注意過，當有人說「我跟你說一個故事」時，大家是怎麼放鬆下來的？當大腦內急速增加的多巴胺對他們的「分析腦」輕聲細語地說：「噓！不要說話，不要挑毛病。我想沉浸在故事的世界中。」他們就會改變肢體動作、傾身聆聽。許多功能性磁振造影研究都顯示，當你沉醉在故事裡時，大腦裡的同一個區域會被點亮，就像你正在和主角做同樣的事。你確實身歷其境，彷彿那些事發生在你身上一樣。**故事讓你間接體驗現實生活中會產生的各種影響，它們能引發事實本身無法帶來的改變。**

讓我舉個例子。二〇一〇年，俄亥俄州州立大學做了一項研究，用來評估在以下兩者中，何者對大學女生採取避孕措施有較大的影響——一個是探討青少年懷孕困境的新聞節目，另一個則是超人氣青春偶像劇。

其中一群女學生看了這個新聞節目。它是一個很棒的節目，畫質很好，節目裡也將很多可怕的事實與圖表，以及從你懷孕到去世時可能發生的所有事都呈現出來，甚至告知你會死得比一般人更快。節目中也有小爸媽親自說明他們的人生如何被打亂，但是，「用事實加以總結」與「親身經歷」之間還是存在著巨大的差異。講述過去、充滿各種細節的故事很吸引人，但針對相同狀況進行概述，卻會使人置身事外，因為後者只呈現事實，而不是像故事一樣，能讓我們身歷其境地來體驗它們。

另一群受試者看了《玩酷世代》的其中一集。在這一集裡，高中生雷恩和德蕾莎因為意外懷孕而面臨令人心碎的結果。影片中沒有任何事實、數據與圖表，只有德蕾莎一早醒來，然後發現她的世界從此天翻地覆。

我想你知道接下來發生了什麼事。觀看新聞節目的那群女學生覺得有人在告訴她們該怎麼做，暗示她們可能做錯了某件事。因為感覺受到傷害、想阻止內在衝突發生，她們的大腦立刻想出如何反駁：「這絕對不會發生在我身上，我絕對不會做出這種事……我才沒那麼笨。」新聞裡那些小爸媽現身說法，並沒有成為警告性事實，反而激起受試者的防禦心理。**也就是說，比起聽他人直接說出自己學到什麼，我們更傾向透過具有情感意義的故事，跟著他們一起學習，從他人的經驗裡學到寶貴的一課。**

因此，這項研究結果指出「觀看新聞節目的受試者無動於衷，完全不打算改變她們對避孕的看法」，並不令人意外。

至於那些看到雷恩和德蕾莎困境的女學生則不然，她們肯定不希望自己也遭遇相同的情況。為什麼只是種娛樂的「故事」對這件足以改變人生的事有如此深遠的影響？該篇研究的共同作者莫耶—古瑟說：「許多女學生都能把自己視作劇中的角色，因為如果她們不小心，也會碰到同樣的狀況。」或許這就是為什麼兩星期之後，當研究人員與她們聯繫時，這些把自己代入德蕾莎的女生依然感到心有戚戚焉，同時也表示她們更願意避孕。

「某些人沒有採取安全性行為的其中一個原因是，覺得自己不會因此受傷、不會有壞事發生在自己身上。這是一種樂觀的偏見。」莫耶—古瑟說：「但若你藉由觀看敘事節目來間接體驗某個不好的結果，你可能會因此改變自己的行為。直接接收相關訊息時，則很難達成這種效果。」

是的，故事比事實更有力得多。但故事並不是與「事實」相反，而是將這些事實變得更人性化、更容易理解。這就是故事如此強而有力的原因，還有，故事不是一門軟科學。我們將會在下一章探討，只有故事可以讓枯燥的事實、抽象的概念，以及遠大的理想更容易被我們做決定時仰賴的生物機制所接受，這個機制正是「情緒」。

重點整理

事實吸引我們的理由很充分——因為它們感覺立場堅定、安全且無可辯駁。但當我們試圖說服別人做某件他們不曾做過的事情時，他們往往會覺得這些事實毫不相干、難以理解，甚至倍感威脅。故事能讓事實變得更人性化，所以我們能體驗它們將造成影響。其原因如下：

1. 因為注意力是一種稀有的神經資源，我們只會特別關注那些將立即對我們造成影響的事實（這些影響可以被量化，無論是在身體上、心理上，還是社交上）。

2. 事實是客觀且正確的，但這不代表我們就會予以關注。如果它對我們不重要，或者沒有情境可以賦予它意義，它就只是一種雜訊而已。

3. 我們很自然地認為，其他人和我們／我們的族群都知道並相信相同的事、用相同的方式看待這個世界。我們很容易誤以為，丟出一項事實之後，受眾不僅馬上就能明白我們的意思，也知道他們該做些什麼。這是很危險的盲點。

4. 生物本能迫使我們抗拒改變，並固守自己熟悉的事物（也就是那些我們已經相信的事），因為截至目前為止，這對我們很管用。

5. 一旦我們相信某件事是真的，它就變成我們身分認同的一部分。因此，挑戰它就等於對我們個人提出挑戰。對大腦而言，身體上的威脅與對信仰體系的挑戰是完全相同的。

6. 故事可以防止大腦抗拒改變，讓它處理新資訊，而不是加以對抗。

第3章・接納你的情緒

「我發現，人們將忘記你說過的話、做過的事，但他們絕對不會忘記你帶給他們的感受。」

——美國作家與詩人瑪雅・安吉羅（Maya Angelou）

小學時，我是這樣被教導的：在做決定時，我必須舉出所有事實、數據與圖表，然後冷靜、不帶感情地分析它們。我也被告誡，此時必須壓抑心中的情緒，因為它是一個暴躁易怒的傢伙，若不提高警覺，它就會趁虛而入，掩蓋我的判斷力。簡而言之，客觀理性將使我保持安全狀態。只有懦弱、不知道什麼事重要的人才會聆聽自己的情緒。理智與情緒彷彿彼此對立，要在我心裡一決勝負。然而與一般人的認知相反的是，事實並非如此。這不是二分法或二選一，因為刻意趕走情緒之後，你將無法做出任何理性的決定。

我們會有這種可悲的錯誤觀念，到底要怪誰？那個人叫柏拉圖。柏拉圖對人性提出了很多看法，而且他似乎很聰明，因此世人一直對他投以關注。然而，他最重要的主張之一錯得非常離譜，那就是宣稱理智不僅比情感優越，還能讓我們冷靜、不帶任何情緒；儘管如此，情緒總是想找機會奪取我們的注意，並把我們帶往錯誤的方向。

對此，柏拉圖有一個很好的比喻。他說，我們人類就像是雙頭馬車，為了有助想像，大家可請回想一下電影《神鬼戰士》裡的羅素．克洛。現在，請想像羅素．克洛的馬車被兩匹馬拉著，牠們代表的是柏拉圖眼中人性的兩面。柏拉圖是這麼說的：

我說過，這兩匹馬一好一壞，但我還沒解釋牠們好在哪裡、壞在哪裡。現在，我將進一步說明。右手邊的這匹馬挺拔整潔，有高聳的脖子與高挺的鼻梁；牠的毛是白色的，眼睛則是黑色的。牠崇尚榮譽、謙遜、節制，並且追隨真理。牠不需要被鞭打，只要口頭告誡即可。另一隻馬駝背、笨拙，總而言之，牠的臉很平，脖子短而粗；牠的毛是黑色的，眼睛則是灰色的。牠的耳朵上有很多毛，而且耳聾。牠傲慢無禮，幾乎不會對鞭打屈服。

這兩匹相互對抗的馬象徵什麼？白馬代表客觀理性，至於那匹粗魯的黑馬代表的是情緒。你想騎哪匹馬追逐落日呢？

因為不希望給人懷疑的餘地，柏拉圖又耐心地說明：「如果人心中代表秩序與哲學的部分獲勝，我們就能快樂、和諧地生活，有條不紊地掌控自己。」這個主張一直都是西方思想的基礎。

不過這是一個天大的錯誤。因為儘管大多數人都被教導，情緒會掩蓋理性、使思緒變得混亂，並讓人做出衝動且不明智的決定，但神經科學的研究顯示，事實正好相反——情緒影響我們所做出的每個決定，而這是一件好事。經過演化，情緒使我們能在十億分之一秒內，明白什麼事是安全的，以及什麼事是重要的。因此，情緒確保了我們的生存。此外，情緒也蘊含各種意義。

在本章裡，我們將探討為什麼情緒會受到這種錯誤評價；為何要改變某個人對某件事的看法，唯有先改變他對某件事的感受；為什麼要說出具有說服力的故事完全仰賴情感連結；誤解情緒存在的目的，又是如何讓我們不小心把最強而有力的工具「故事」擱置一旁，以及現在該怎麼開始使用這項工具。

情緒 vs. 情緒化

當我說到「情緒」時，我指的不是「情緒化」。「情緒化」常被當成貶抑詞使用，從很多方面來看，它都劫持了「情緒」本身的概念。它指的是某種狹義的情緒，這種情緒太過極端，將使我們失去控制，進而做出之後一定會後悔的可怕決定。我想沒有人會否認，這種事有時會發生。但不幸的是，我們都被教導，在做決定時要把這樣的定義套用在所有情緒上，彷彿展現出任何一種情緒都是不可靠的。我們的目標在於擺脫它，否則將深受其害。

無論你有多成功，只要被當成一個情緒化的人，好像就完蛋了。看看知名主持人歐普拉的遭遇就知道了。二〇一七年，時任CBS電視台新聞節目《六十分鐘時事雜誌》執行製作人的傑夫．法格宣佈，歐普拉將成為這個備受推崇節目的特約主持人。他誇張地說：「這個世界上只有一個歐普拉．溫弗蕾。她所有的表現都很出色。她將為我們的節目獻上獨特且強而有力的嗓音，這令我非常興奮。」

雖然他話是這麼說，但這些出色的表現都不敵「情緒」，至少對該節目的製作團隊是如此。法格稱讚歐普拉的嗓音「獨特且強而有力」，顯然不是出自真心，他們覺得她的聲音有點太情緒化。歐普拉曾在受訪時表示：「我連練習念自己的名字，都會被說放了太多情緒進去，這不是一件好事。光是為了我的名字，大概就錄了七次，因為團隊覺得聽起來『太情緒化』。我問：『是歐普拉的部分，還是溫弗蕾的部分？』他們會回答：『你得把聲音弄平一點，你聲音裡有太多情感了。』於是，我得自我壓抑、掩蓋自己的個性。對我而言，這並不是一件好事。」

她說得非常正確。然而，這個社會出於對情緒的恐懼，往往要求我們表現出中立的樣子，不管內心真正的感受是什麼，彷彿只要流露情緒就是不恰當的。CBS電視台的製作團隊對柏拉圖所提出的人性典範非常買帳，更相信自己的目標觀眾群也是如此。所以任何報導都必須以中性語調來進行，就連播報員念自己名字的方式也一樣。這不只是個人偏好的問題，他們確實認為若歐普拉表露出太多情緒，是一種不專業的表現，會害他們虧錢。我想團隊對此堅信不疑，為什麼這麼說？因為我們談論的可是歐普拉啊，這個女人用整個職業生涯來證明，想要與觀眾產生連結，情緒是多強而有力的工具。

還好歐普拉沒有選擇隱忍，她馬上就退出節目。這實在很諷刺，「情緒」讓她的職涯大獲成功，在CBS製作團隊眼中卻成了避之唯恐不及的缺點，最終讓他們流失歐普拉原本可以帶來廣大的觀眾。這到底哪裡理性了？

庫藏情緒

將情緒與「情緒化」的概念弄混已經夠糟糕了，但還不僅止於此。我們對情緒的恐懼也反映在分類情緒的方式上，舉凡愛、嫉妒、恨、憤怒、快樂、歡喜、悲傷等，我們就賦予這些強烈且具有細微差異的情緒統一的定義，覺得這樣比較容易保持一個客觀且安全的距離。

察覺到控制並馴服情緒有多誘人，是件很容易的事。如果情緒跑出來想抓住我們，我們就必須保護自己。但情緒並無法被「圈養」，而且還會四處流竄。這其實是好事，因為情緒不會危害我們的安全，反而會讓我們保持安全。

情緒逐漸演變成一種警報系統，在受到相關的事實刺激時，它會通知無意識認知，吸引我們的注意，去關注當下最重要的事。情緒會刻意擾亂原本的狀態，讓我們覺得一切不受控制（偏偏我們最希望能掌控所有的事），這感覺很可怕。所以，我們會試著阻擋它們，覺得這樣比較容易冷靜、清楚地思考——順帶一提，冷靜也是一種情緒。

神經科學家達馬吉歐在《笛卡爾的錯誤》（*Descartes' Error*）一書中指出，我們的錯誤在於：「認為情緒與感受很難掌握，不適合與那些明確的想法一同亮相，但它們確實有這個資格。」換句話說，想阻止它們出現是不可能的。

我們時時刻刻都會感受到情緒，它們多數都沒有名字、跳脫「庫藏情緒」的定義，帶領著我們前進，不管我們是否察覺。達馬吉歐在《意識究竟從何而來？》一書裡做了清楚的說明：「任何有意識的畫面都伴隨許多情緒與感受，我們不能阻止它們發生。」美國神經科學家伊葛門也在他的著作《大腦解密手冊》中呼應這個看法：「情緒不僅讓我們的生活變得更豐富多彩，它們也默默影響著我們接下來要做些什麼。」

這是否意味著，不管我們再怎麼努力，都只能任由情緒宰割？是也不是。「是」是因為我們不可能不感受到情緒；「不是」，則是因為情緒與理智缺一不可。畢竟，就像我先前提過的，這不是二選一，而是兩者並存。但情緒是最終決定者，在多數時候，都會帶領我們朝正確的方向前進。

情感與理智：先感受，再思考

我們會先感受到情緒，再開始思考。在過去那個沒有太多事需要思考，也不太能容許錯誤的時代，人類就是這樣存活下來的。當你看見有某樣東西在灌木叢裡移動，情緒認為那是一隻獅子，所以你會逃跑得比以為的還要快。當你在逃跑時，大腦有很多時間弄清楚到底發生什麼事：「喔，是獅子。我了解了！」於是情緒再次化險為夷。

這具有理性與邏輯上的意義。就像英國認知神經科學家沙羅特所指出的：「情緒反應是你的身體在說：『有某件重要的事發生了，你必須做出相應的反應。』」

某天晚上我的經歷與之不謀而合。那天，我在家裡工作到很晚，突然聽到公寓樓下的門鈴響起。這個時間點很奇怪，而且我沒有約人過來，所以選擇忽略，心想可能是有人不小心按到。一分鐘後，我突然感覺到體內的腎上腺素爆發，就在那時，我聽到樓下的院子裡有人正在大叫。我完全沒有思考就跳了起來，往窗外望去——滾滾濃煙正不斷從隔壁那棟公寓的窗戶湧出來。

「失火了！」他們大喊著。我立刻抓起筆電、正在熟睡的六歲兒子，以及無線電話的話筒，飛奔到樓下。那時，外頭正下著雨，我們雖然光著雙腳，但人都平安。這整段過程似乎很神奇，其實不然，是腦中那可靠的杏仁核對我發出了不可忽視的警報。

我的無意識認知已經在背後過濾資訊，並賦予它們意義：深夜院子內人聲鼎沸、這些人的聲音中所透露出的急切，以及那在半夜響起的門鈴聲。每件事單獨看都很平常，但合在一起看，訊息就很清楚了——有什麼事情不對勁！快通知腎上腺素分泌，並將情緒激發出來。當然，情緒也會誤判情勢，例如灌木叢裡的沙沙聲可能只是一隻松鼠在搔癢。不過，請這樣想：你就算把木棍誤當成蛇一百次，人還是可以活得好好的，但若是把蛇誤當成木棍一次，你就準備跟天堂說哈囉了。從演化的成本效益分析來看，只要能讓你保持警覺，那就值得了。

不過時至今日，面對生活中各種潛在的危險，「思考」通常會派上用場。就像有一次我在半夜醒來，突然有股衝動想溜到廚房偷吃一整塊巧克力蛋糕當消夜。雖然心中充滿強烈的渴望，我卻沒有採取行動。我想到的是，我最近努力吃得健康，「在凌晨吃掉整塊巧克力蛋糕」可不是什麼有益健康的選擇。此外，這塊蛋糕是我為了明天生日的女兒特別烤的，她要是在水槽裡發現空盤子，應該會不太開心。所以，我沒有偷吃那塊蛋糕。

會這麼做難道是因為我搜集了很多關於「半夜吃蛋糕有多危險」的資料嗎？當然不是。這是因為根據大腦想到的那些資料判斷，吃掉那塊蛋糕可能會讓我感覺「很糟」（包含心理和生理上的）。簡而言之，一切都關乎你的感受。

事實上，如果你感受不到自己的情緒，就無法做出任何理性的決定。達馬吉歐就曾指出：「即便我們的推理策略能完美運作，它們也無法將複雜且難以預料的個人與社交問題處理得很好。脆弱的理性需要特別援助。」讓我們來看一下「脆弱的理性」這個說法。請記得，這不是二分法，不是理性與感性的對抗，它們都是你的好隊友。它們必須彼此合作，以便做出幫助你存活下來的決定，無論是在野外叢林還是都市叢林裡。為了達到這個目的，有件事也許會令你感到驚訝：少了情緒，理性不只是脆弱而已，它根本沒有意義。

讓我舉個例子。達馬吉歐經常談到一位名叫艾略特的病人的故事。艾略特是一個成功的男人，有很棒的工作、摯愛的家人，不管是在工作上還是在家裡，他都是大家的榜樣。不幸的是，艾略特也罹患腦瘤，幸好腫瘤是良性的，而且有一群醫術精湛的外科醫生可以將它摘除乾淨。但在這之前，這顆腫瘤已經使他部分的額葉組織受損，因此額葉也一併被切除。他逐漸從手術中復原，外表看起來很健壯且精力充沛，但從內在來看，艾略特已經不再是原本的他。

艾略特的人生開始崩解。他失去了工作和家人；他開始用不正當的方式做一些無謂的努力，最後都悲慘收場。艾略特失去了那些他騙來的錢，最後只能回老家靠父母親照顧。

究竟發生了什麼事？他是否有之前沒注意到的品德缺陷？還是他很懶惰？有

幾名專家這樣以為，所以他的傷殘津貼被取消了。此時，達馬吉歐被找來回答這個問題：「艾略特的行為是故意的，還是因為某種潛在疾病的關係？」達馬吉歐進行了大量的測驗，最後他發現，艾略特喪失了感受情緒的能力。然而，他的「客觀」知識完全沒有受到影響。

他的智力測驗成績依舊有百分等級九十七分（相當於IQ一三〇以上）。他能詳細列舉出任何問題的所有可能解決方案；他只是無法選擇。他會走進辦公室，然後心想：「我今天應該做那些老闆很想要我做的事，還是再次重新整理我的資料夾？這樣的話，要用藍筆或黑筆比較好？」午餐時，他會逐一看過每家餐廳的菜單，但從來不會進去用餐，因為他不知道自己想吃什麼。儘管他具備出色的分析能力，但是要進行最基本也最簡單的決定時，對他沒有絲毫幫助。

你能想像自己對所有事都沒有任何感受嗎？而且一直如此？試想一下，當另一半走進你的視線時，你有什麼感覺？請好好感受它。現在，請想像死對頭帶著自以為是的笑容穿過那扇門，你因此怒火中燒。那種感受非常刻骨銘心，對吧？然後，再想像你的另一半和這個無恥之徒互挽著手臂走進來，而你卻……一點感覺也沒有。

你要怎麼知道，自己是喜愛還是厭惡？理智可以幫助你明白為何你會有那種感受，甚至會試著告訴你要如何感受，但無法讓你感受到它們。只有情緒可以做到這一點。

情緒會讓你選擇藍綠色的改裝版一九五四年雪佛蘭，而不是全新的福特F-150。情緒會使你捐款幫助貧苦家庭，雖然你正在努力存度假基金。遇到兩位履歷同樣亮眼的應徵者，情緒會讓你決定到底要錄用誰。

客觀理性關注的是普遍而籠統的「事實」，它會反問你：「嘿，福特F-150可靠得多，為什麼要選五四年的雪佛蘭？」「欸，你明明很想度假，怎麼還捐錢給陌生人？」「哎呀，兩位應徵者看起來都很完美……該怎麼辦？丟銅板決定嗎？」眼前有再多的圖表與資料，光憑邏輯思考也找不出任何線索。

另一方面，情緒既不客觀也不籠統。情緒是很明確的，它會根據你的經驗，做出適合你的決定。你之所以選一九五四年的雪佛蘭，是因為過世的阿嬤生前開這種車，光是想到這一點，就讓你覺得很開心。你會捐款幫助貧苦家庭，是因為在小學三年級時的一場演講，讓你深信支持弱勢族群十分重要。你會雇用那名員工，是因為她使你想起母親最好的朋友，那位阿姨總是在你需要她時出現，並且使命必達。

不過還有個問題，從生物學的觀點來看，情緒到底是如何做出適合你個人的決定？

記憶：創造出屬於你個人的「解碼器」

我們都知道，從出生的那一刻起，無意識認知就一直監控你周遭發生的事。這有兩個原因：第一，讓我們在此時此刻保持安全狀態；第二，用這些資訊製作出一份參考手冊，藉此幫助你預想未來將會發生的事、評估其重要性，並依此做出相應的行動。不只是你在物質世界裡的基本安全，像是過馬路要注意左右來車、頭髮要吹乾以免感冒等，還包含怎麼在微妙又複雜的社交圈內保持安全狀態。

無意識認知要如何為你建立個人化的判定指標，並將它們烙印在記憶裡？答案是與它的夥伴「情緒」一起合作。情緒會向無意識認知發出警報，提醒你必須注意哪些事，因為它們囊括了重要資訊，可能會在未來派上用場。同時，情緒也會使另一些事情消失無蹤，彷彿沒有發生過一樣。這或許聽起來有些令人沮喪，但實情幾乎就是如此。

我還清楚記得自己體認到這一點，是念高中的時候。當時我就認真在想，為什麼我很珍惜活著的每一分每一秒，卻很少記得每件事的細節，大多數的記憶都很模糊。然後突然明白，即便自己每一天都全心投入，人生的大部分都會溶解並消失在薄霧中。這樣的想法令人警醒，卻也容易很快遺忘，因為十五歲的我覺得自己會永遠活下去，所以就算不記得放學後喝什麼飲料或星期二穿了哪件洋裝，又有什麼關係呢？從那時開始，我就一直很享受這種有點諷刺的狀況——即便我會在事情結束的那一刻便忘記當時的細節，也會永遠記住這個特殊的時刻。因為它教會我人生中很重要的事，同時也讓我覺得自己很聰明。

不過，我仍舊有不太了解的地方。我想到，儘管我們無法輕易取得所有的記憶，它們還是存在腦海裡，畢竟大家不是都說人類只使用了大腦的百分之十而已嗎？（殊不知這個觀念完全是錯的。）因此我以為，這可能是因為剩下的百分之九十都塞滿了被遺忘的記憶，我七歲時的家庭聚餐回憶、分數與分數要如何相乘等等。我以為記憶只是不停地累積，就像床底下的灰塵一樣；你有需要還是搆得著它們，只不過需要一枝很長的掃把。

我們普遍認為，記憶宛如一台錄影機，有著用不完的磁帶與電力（這也是一種錯誤認知）。若有什麼事發生了，我們就把它錄下來。接著，根據這個理論，這些記憶全都會被儲存在大腦的某個地方——未經處理、客觀且如實。記住某件事，就如同把一尊大理石雕像從倉庫裡拿出來、看看它，然後再小心翼翼、原封不動地放回去，可是事實根本不是如此。

所以，如果你相信「因為自己有告訴別人某件事，對方就會記得」的話，我必須說最好放下這個念頭。這也可以解釋受眾為什麼沒有記住你所說的話，甚至從一開始他們就忘記你說了些什麼。

記憶並沒有演化成讓我們能夠清楚記得一堆事情，或者在回憶時能好好品味各種細節。和情緒一樣，將記憶記錄下來的生物機制是為了讓我們保持安全，因為我們隨時都可能會面臨最危險的事——也就是意外。美國神經科學家汀・布諾曼諾在《你的大腦是一台時光機》（Your Brain Is a Time Machine）一書中做了清楚的說明：「記憶並不是為了讓我們回想過去。記憶唯一的演化功能，就是使動物能預測何時將會發生什麼事，以及發生這些事時，如何做出最適當的反應。」

我們的記憶有一個非常明確且合理的目標。從出生的那一刻起，大腦就一直在尋找可靠的行為模式，例如：「若我哭得很大聲，就會有個好心人進來餵我喝奶。」一旦某種行為模式奏效，就會默默變成一種期待。當這些模式被打破時會如何？你的腎上腺素爆發、情緒湧現，然後大腦會喚起你的記憶，並試著弄清楚為什麼這些期待中的事沒有發生。大腦會不斷搜尋相關記憶，這樣比較容易明白到底是怎麼一回事，以及你該做些什麼。布諾曼諾說：「無論你是否有所察覺，大腦時時刻刻都試圖預測將會發生什麼事。」

當情緒遇見記憶：你感覺得到我嗎？

由於情緒的目標是協助你邁向未來，所以當某件事提供新情報，告訴你什麼事是安全的，情緒會帶領這些重要資訊穿越所有不相干的事——例如名字、日期和你早餐吃了些什麼——並將它們轉進長期記憶裡。

印度裔美籍神經科學家拉馬錢德朗（Vilayanur S. Ramachandran）在他的著作《洩密大腦》（The Tell-Tale Brain）裡這樣說明：「我們的杏仁核和過去儲存的記憶與邊緣系統內的其他組織共同合作，以便衡量一切事物背後的情感意義——此人是敵人、朋友，還是伴侶？此物是水、食物，還是危險？或者那只是件平凡無奇的小事？如果它不重要，只是一塊木頭、一片棉布，或是樹葉在風中沙沙作響，你會沒有任何感覺，更有可能直接忽略它。但如果它很重要，你馬上就會感受到什麼。」對於不重要的事，我還想要做點補充：那些你無法解釋，以及似乎與你的日常生活沒有明確關聯的事都包含在內。

這是很有道理的，因為強烈的情感記憶都很難忘記。因此，將「情緒」與「資訊」結合會大幅增加這些資訊被寫入長期記憶裡的機會，確保它們受到妥善儲存，以供未來參考。情緒越強烈，記憶就越容易恢復。美國認知神經科學家菲爾普斯（Elizabeth Phelps）在期刊《神經生物學的當代意見》裡指出：「情感記憶鮮明且持久，這是其他記憶所缺乏的。」這並不令人意外，在多數情況下，這是一件好事。

與一般人的認知相反的是，充滿情緒的記憶並非不理性，而是其實非常理性。美國科學記者喬納・雷爾在著作《大腦決策手冊》中說：「人類情緒源自於極富彈性的腦細胞所做出的預測；這些腦細胞會不停調整它們的連結，以便反應現實狀況。每當你犯錯或遇到新鮮事時，腦細胞就會忙著改變自己。」

這與另一個常見的錯誤觀念相違背：一旦連線都已經建立，我們的大腦就不太能改變。事實並非如此，試想若我們無法改變，那麼該如何適應那些不在控制之內的狀況呢？

雖然我們可以改變，但不幸的是，想改變真的很難。我們多半是因為遇到完全不在掌控之內的事情，而被迫改變。也就是說，只有當某個新經驗是生存所必需，或為了讓我們在族群裡保有良好的聲譽，改變才是必要的。這就是為什麼，想改變某個人從經驗中所學到對某件事的感受，唯有提供新的體驗，才會使他重新評估自己深信的事。

難道我們得安排對方實際體驗，才能達成這個目標嗎？幸好不用。由於知道我們無法藉由「經驗」學會所有事情，生物本能提供我們另一種「虛擬課程」：可以透過故事來間接體驗。

生物學版的「虛擬實境」

根據前面提到的青少女避孕意願實驗結果來看，是「故事」讓她們感受到避孕有多重要，而不是「事實」。故事藉由情緒把這些資訊帶進生活裡。現在讓我們深入探討，從生物學的觀點來看，這一切究竟是怎麼運作的。

芬蘭認知神經科學家鈕緬瑪（Lauri Nummenmaa）在期刊《神經圖像》（Neuroimage）中寫道：「故事提供人類一種分享情緒的有力方法。故事使我們得以『捕捉』那些用語言與文字形容的情緒。」

這還有更深層的意義，因為不只是情緒，其背後的邏輯也可以感染周遭的人。故事將事實轉變成體驗、讓它們變得具體，使我們透過故事情境來理解它們的意義。簡單來說，故事能讓我們深刻體驗這些事實將如何影響生活。當我們沉浸在故事裡時，不僅能感受到主角的情緒，也能理解為什麼他們會有這種感受。

這不是比喻，而是事實。我們的大腦確實會與故事主角或說故事的人同步。神經科學研究證實，人在聆聽牽動情緒的故事時，腦部活動會變得與故事同步。認知神經科學家沙羅特這樣形容對故事著迷的大腦：「我們不僅在腦部負責掌管語言與聽覺的區域發現這種同步現象，在創造連結、產生並處理情緒，以及能使我們將心比心的區域都有同樣的現象。」

基於這個理由，成千上萬人會對同一個故事產生相同的感受。鈕緬瑪這樣寫道：「情緒語言顯然藉由增強思想、個人行為與腦部活動的同步現象來拉近人與人之間的距離，促進社交互動……我們經常會把他人的情緒狀態重新投射在我們大腦相應的區域上。」這段話顛覆了我們既有的觀念，也就是說，當他人讓我們透過具有情感意義的故事，跟著他們一起學習時，我們就能從他們的經驗裡學到寶貴的一課。對方並不需要直接說自己學到了些什麼。

所以，當你在創造自己的故事時，可能感覺很可怕。因為你必須投入情感，而不是為了保險起見，只使用可靠的舊資料。

此外，由於故事講述的是某個人如何學會某件事，等於從一開始就暗示，這個人並不知道某件重要的事，甚至犯了錯。若你說的是關於自己的故事，要承認這些尤其困難，也許光是想到這一點，你就已經開始冒冷汗了。承認自己的錯誤令人感到無助，因此我們寧願跳過這個部分，選擇談論那些我們已經知道的事——這樣讓我們覺得自己很聰明，並且感到很安全。

諷刺的是，嘗試錯誤是學習新事物唯一的方法。我們不是一直犯錯，就是停滯不前。美國老羅斯福總統曾巧妙地對這個觀點做出總結：「從不犯錯的只有那些不做任何事的人。」這或許是我們如此熱愛故事的原因之一——藉由他人的錯誤來學習，不僅輕鬆得多，也更安全。

因此，「承認錯誤」是創造具有說服力的故事時最重要的因素之一，不管是你或故事主角承認某件事結果不如預期，都有相同的效果。承認某件事出了差錯時，你的受眾會心想：「哇，我也是！我也總是犯同樣的錯誤。原來我們之間比原本想的還要像。」

這就是吸引他們的地方；他們會立刻產生認同感、與你有所共鳴。畢竟，我們多數人在很多時候都感到無助，但會試圖將這種情緒隱藏起來。特別是我們往往認為，其他人都知道自己在做些什麼，只有我們感到茫然無措。所以，當別人有勇氣打破沉默，坦承「我犯了這樣的錯」或「我做了那樣奇怪的事」時，我們會感到如釋重負，明白自己不是唯一犯錯的人，並進而支持說出故事的人。

感到無助有很大的好處，因為這代表你有冒險的勇氣。畢竟，這就是你希望受眾做的事：冒險嘗試新事物、體驗新感受。

重點在於，**我們不該對自己的情緒感到恐懼，而是要接納它，並加以聆聽。**情緒使我們得以存活，並主宰這個世界，它是真正的智慧所在。**情緒不會破壞秩序，它本身就是秩序**。

但要特別注意的是，雖然情緒能讓新的想法留下，當你試圖說服某人某件事的時候，目標不只是要激起普遍的情緒，而是要喚起某種「特定」的情緒。這種情緒代表為何這些資訊對你的受眾很重要，這可是眾多自動撥號機器人還沒有學會的事。

若你希望他人採取正面行動，就必須讓他們感到在意。因此，故事得先讓受眾對主角感到在意，要做到這一點最好的方法，就是讓主角們顯得無助。否則受眾怎麼知道，他們和自己一樣只是平凡人呢？

想創造出這樣的故事，我們必須先探討故事到底是什麼。真相可能會令你感到驚訝。

重點整理

故事是由情緒所驅動的，而我們也是如此。它不是一門軟科學，而是生物學，幫助我們存活到現在。了解情緒在人生與故事裡所扮演的角色，讓我們得以創造出直接與受眾對話的故事，藉此提出光靠事實絕對無法讓人聽進去的論點。這就是為什麼，你最好記住以下幾點：

- 情緒並非稍縱即逝、隨心所欲或不理性。情緒是一種生存機制。
- 情緒不只侷限於整齊劃一的「庫藏情緒」，它微妙、具有層次，而且始終存在。
- 這不是理性與感性的對抗。這不是二選一，而是兩者並存，但情緒是最終決定者。

- 情緒決定了什麼資訊會被寫入長期記憶裡，其判定標準是：記住這件事是否將協助我邁向未來？
- 經過演化，情緒讓我們知道什麼記憶該留下、什麼記憶捨棄也無妨。充滿情緒的記憶更鮮明、穩定且持久。
- 具有說服力的故事最重要的元素是「無助」，它使我們與主角產生認同感，並在心中激起強烈的情緒。

第4章・故事：大腦渴望的是什麼

「敘事想像——故事是人類重要的思想工具，我們的理性能力依此而存在。它是我們展望未來，以及預測、規劃、解釋一切事物的主要方法。」

——美國認知科學家馬克・透納（Mark Turner）

多年前，某家水族館問我要怎麼用故事來說服遊客成為更好的「地球管家」？

我說：「請問你們的行動召喚是什麼？當遊客離開水族館之後，你們希望他們做些什麼呢？」

那個負責領導教育部門、留著鬍子的男人傾身向前，認真地看著我說：「我們的目標是讓他們回家後深入思考這些問題。」

這時，我就知道他們的問題大了。深入思考？究竟要思考些什麼？為什麼？是為了什麼目的？這聽起來像是工作，而且是沒有報償的工作，需要耗費我們的精神與注意力，並且熱情地投入……

這正是故事不會叫我們思考的原因。思考是一種選擇，而此時此刻，有這麼多重要的事試圖奪取我們的注意力，誰有那個時間？再者，誰又知道「管家」到底是在做什麼的？

具有說服力的故事目的在於，改變受眾看待事物的方式，驅使他們立刻做某件事。這讓所有故事都成了一種行動召喚，因為一旦我們用不同的方式看待事物，就會用不同的方式做事。因此，你的故事不是要告訴受眾，你的想法、品牌或訴求有多棒，無論這點是否千真萬確。我很肯定，經過改造的拉瓜迪亞機場現在一定非常吸引人。然而，當我坐在那台緩慢行駛的接駁車上，拚命想知道要怎麼挽救那一場被迫錯過的會議時，這些未來才會發生的事對我根本一點都不重要。

故事應該要從受眾是誰，以及他們如何看待自身的角度出發，幫助受眾了解你的想法此時對他們有什麼好處。為了做到這一點，我們必須先顛覆原本對故事的認識，然後將它重新定義。

因此這一章會根據人類與生俱來的渴望，以及我們如何回應自己聽到的每一個故事，來清楚說明故事到底是什麼。如此一來，你所建構出的故事就一定能讓人產生共鳴。我們將著重探討故事中最令人訝異、最違反直覺的元素，接著再透過深具說服力的案例研究來檢視，故事「如何」以及「為何」改變受眾看待世界的方式，進而改變他們的行為。本章的最後有一份備忘錄，你可以依此開始進行故事創作。從現在開始到這本書結束，你將按部就班地創造出自己的故事草稿，藉以說服受眾以不同的方式看待世界，然後接受你的行動召喚。

但首先，讓我們來談談你裹足不前的可能原因，那就是你對「故事究竟是什麼」的認知。

將故事重新定義

先來抽考一下：現在，你會怎麼定義「故事」？

答案乍想似乎很明顯，但要實際用言語表達時，就會像古羅馬神學家聖奧古斯丁對時間的描述：「一直到有人要求你賦予它定義，你才了解它是什麼。」

多虧了故事對人類產生的生理影響，我們看到故事的時候都自然而然知道它是什麼。故事立刻吸引了注意力，將我們拉進它的世界裡，它也不會問任何問題，只是用故事裡的事來代替我們的現實。故事佔領了我們的腦海，那種感覺很棒、很舒服，根本沒有意識到它對我們有多大的影響力。這或許可以解釋為何當我們試著歸納故事的組成要素，以及它令人無法自拔的真正原因時，就連最聰明的人都很難做到。

亞里斯多德就曾嘗試過，他說：「在創造故事時，應該把事件放在第一位。」（請注意，這並不正確。）接著，他又說故事都是由「開頭、中段與結尾」所組成。這個觀念一直保留到現在，現今幼稚園以上的學生學到的都是這一套。但請想一下，除了芝諾悖論[12]和美國總統拜登冗長的感恩節演說以外，到底有什麼故事是沒有開頭、中段與結尾？而且，這到底要如何幫助我們創造出故事來？

字典裡對「故事」這個字的定義也同樣毫無用處且招致誤解：「故事講述的是戲劇性事件；它說明發生在虛構或真實人物身上的事，其目的是為了娛樂。」這個觀念有三個問題：它很模糊、把故事定義成「只是為了娛樂」，以及強調「戲劇性事件」——把焦點放在外在事件上，但這並不是故事的重點。

不幸的是，我們多數人學到的都是要把故事想成這樣，認為它講述是外界發生的事，而這就是亞里斯多德和寫作界所謂的「劇情」。由於劇情顯而易見，認為

12 Zeno's paradox：是古希臘哲學家芝諾（Zeno of Elea）所提出的一系列關於運動的哲學悖論。這些悖論被記錄在亞里斯多德的《物理學》一書中，因而為後人所知。

吸引我們的是劇情，是很自然的一件事，連亞里斯多德都上當受騙。在創造故事時，這就是我們必須特別注意的地方——無論那是一則廣告、一段使命宣言，還是一封推銷信。

數十年來，我和許多作家合作過，深入探討讓故事發揮作用的要素。最令我驚訝的發現是，不管外在事件多有戲劇性，都不是引起我們的興趣與關心的焦點。管他是地震、海嘯，甚至是小行星撞擊摧毀了某地的市中心，你可能都覺得極度無聊，甚至認為自己是不是哪裡不對勁。問題不在你身上。因為這些狀況會變得吸引人，是因為它們對某個我們在意的人產生影響。若少了這一點，它們就只是一些無關緊要的事，不管客觀來說有多戲劇化都一樣。

告訴你一個祕密，雖然聽起來有些違背直覺，但**故事講述的不是這個世界上發生的事，而是在主角心裡發生的事**。我們透過他的眼睛，一起經歷這些事。

對我而言，這樣的發現具有顛覆性。這表示我們都弄反了，也察覺到一個問題：「所以，故事到底是什麼？」

故事講述的是無可避免的外在問題，如何迫使主角的內在發生轉變，進而解決這個問題。故事講述的不是某個人怎麼解決問題，而是這個問題如何讓他「意識」到內在某件讓他無法解決這個問題的事。吸引我們的是這種內心的掙扎，而不是在空中爆炸的炸彈。

發現主角的這種內在掙扎，就能回答受眾一直默默詢問的問題：「它為什麼對我很重要？」

真正重要的是內在的事

這並不是說劇情不重要。但與一般人的認知相反的是，外在事件並非受眾關注的焦點。腦部影像研究顯示，當談到故事時，無論是以新聞標題、圖片、廣告或小說的形式呈現，我們的大腦在尋找的都是其他東西。

加拿大麥克馬斯特大學神經藝術實驗室的神經科學家布朗（Steven Brown）說：「我們的腦部研究結果顯示，人在接觸故事時極度偏重角色與心理層面，他們特別關注主角的心理狀態。」

這邊說的不是虛構的長篇故事。研究參與者閱讀的是簡短的事實性標題，例如「外科醫生在病人體內發現剪刀」或「漁夫從結冰湖裡救出男童」，藉此觀察在他們賦予這些標題意義（也就是將它們轉變成故事）時，大腦的哪些區域會被啟動。結果是什麼呢？在參與者看到標題的那一刻，他們大腦裡啟動的是負責對自身與他人的信念、渴望與情緒進行推斷的心智化網路。

根據布朗的說法，當故事引起我們的興趣時，會立刻對主角所抱持的信念進行推斷，以便確定他的意圖與行為動機。吸引我們的不是主角做了些什麼，而是他「為什麼」會這麼做。

賓州卡內基美隆大學認知腦部影像中心主任賈斯特（Marcel Just）也同意這樣的看法：「腦部影像研究最大的貢獻在於，揭露人類大腦有多注重情感與社交層面。這令我感到十分驚訝。我要請受試者讀一些無傷大雅的小故事，結果腦部活動顯示，他們正在對角色的企圖與行為動機進行推斷。我想，大腦會不停地處理和情感與社交相關的資訊，是一種普遍存在的現象。」

當我們在現實生活中遇到其他人時也是一樣，而這當中也包含我們意圖改變他們想法的受眾。若我們了解某個人為什麼這麼做時，不僅可以預期他接下來會做些什麼，也能弄清楚，為何他從一開始就無法聽從我們的行動召喚。

我們該弄清楚的問題是：究竟是他們故事中的哪個部分，使他們無法聆聽我們的故事？

每個人都擁有自己的故事

我們往往誤以為，只要想法、品牌或目標與受眾的生活有關就能成功，例如：氣候變遷會害大家未來住在水鄉澤國、新款牙膏真的可以讓牙齒閃閃發亮、面帶笑容的外送員快速送來熱騰騰的美食等。但如果這樣就夠了的話，你就不需要故事了，直接提出事實，受眾就會自己行動——我們也都知道這麼做效果如何。

你的主張不僅得與他們的人生相關，也必須與他們「本身的故事」有關。這是兩件截然不同的事。經常有某件事與生活百分之百相關，但我們還是打從心裡排斥。比方說，我最近一心煩惱要怎麼拯救地球，夜夜難眠。但這並不表示我讀到文章說「食用麵包蟲不僅美味營養，還能拯救地球」，就會真的殺出門買一罐來吃。

每個人都有一個賴以生存的故事，但在多數情況下自己並沒有意識到這一點。就像華萊士筆下的那兩隻小魚一樣，不曉得水是什麼。硬要說的話，我們往往會把自己的故事想成是自身遭遇的總結：我們在哪裡出生、父母親是誰、到哪裡上學、曾有個壞同學每天搶我們的點心吃，或是有隻毛亂蓬蓬的狗天天跟著我們回家，最後媽媽同意養牠等等。但這些都只是事實，而不是故事。

我們的故事不僅囊括了這些事，還有更深一層的意義。故事講述的是那些教會我們怎麼生存（尤其是在社交圈內生存）的經驗，它們自然地寫入我們的「解碼器」裡。我們的個人論述時時刻刻都在背後根據所收集到的資訊，巧妙地帶領我們做出決定，它將這些資訊套用在此時此刻發生的事上，同時建議我們接下來應該或可能要做些什麼。

除了不把我們持續存在的內在論述視作「故事」之外，另一個問題則是演化教我們把自己編織出的邏輯模式直接視為人生。我們對各種事件做出反應，任何人——任何有理智的人——都會這麼做。

所以在談論某件事時，我們會先入為主地認為，其他人都和自己有相同的解讀。就像節拍組的人很肯定，只要敲打出歌曲的節奏，猜歌組就會馬上猜出歌名。畢竟，那首歌在他們的腦海裡響亮地演奏出來，怎麼可能會有人猜錯？同理，當你的同事大翻白眼地抱怨會計部的愛咪今天又穿那件可怕的紅色毛衣時，他絕對不會想到，你覺得那件毛衣是你看過最美麗的穿著。他也不會想到，自己剛才跟你透露了一件關於他的事，但他確實如此——推敲起來有很多可能，或許他對愛咪有好感；或許他太過注意女同事的穿著，又或許他自己其實喜歡穿女裝，只是不是這種「可怕的」紅色毛衣而已。

雖然我們誤以為自己把祕密保守得很好，但其實每談論一件事，都會不經意透露出部分的自身故事，讓別人得知我們到底在乎什麼，以及原因為何。同時，我們也會透露出自己的錯誤信念。

錯誤信念感覺如此真實

「錯誤信念」是人生最先教會我們的事，通常是在孩童時期，而從這時起，我們就用它來賦予這個世界意義。它其實只適用於特定情況，我們卻誤當成普遍的真理，或者普遍的錯誤。這樣的盲點是出於人類透過親身體驗，學到了寶貴的教訓，因此沒有質疑它的理由。自然就不會覺得這是一種錯誤信念，反而認為它真的很有幫助，還慶幸自己很早就學到這一課。

我們都抱持著某些明確的錯誤信念，像是「表露情緒使你顯得脆弱」、「一直贊同別人會讓他們喜歡你」等等。要察覺他人的錯誤信念很容易，但要注意到自己的錯誤信念則有點困難。正因為察覺別人的錯誤信念是如此容易，我們很自然就會認為，對方一定也有意識到這一點。我們覺得他們知道真相是什麼，只是刻意選擇忽略罷了。我們頂多認為，他們會這樣是因為被誤導或缺乏相關資訊，所以只要說明真相，對方就會了解實情……若結果不是如此，嗯，那他們就是故意忽視現實。

反過來說，對方覺得「你」才是抱持錯誤信念的那個人，也實在不令人意外。這些錯誤信念非常頑強，即便用無可辯駁的事實來挑戰它們也是一樣。抱持錯誤信念的人會立刻被喚起某種強烈的情緒，那就是：「『危險』快給我滾開！」

「度過危機」是故事的根本。故事講述的是主角因為面臨無可避免的危險，要如何克服自己的錯誤信念，而這樣的內在轉變在寫作界被稱為「角色弧線」。一開始，會完全展露主角的錯誤信念，他也依此做出後續的行動。接著，故事把主角心中持續不斷的掙扎記錄下來，直到他「頓悟」這個錯誤信念不僅不正確，還會阻礙自己獲得真正想要的東西。

所以你創造故事的時候，請聚焦在受眾的錯誤信念上，才能充分發揮故事的力量。我想你現在應該已經推敲出來了：你的故事主角就是受眾的替身，試圖借助自己的信仰體系來解決面臨的問題，結果卻徒勞無功。

接下來，我們將探討如何運用目前所學到關於神經網路的一切，來創造出這樣的故事，不僅能改變受眾的想法，也能驅使他們採取行動。為了達到這個目的，**你的故事不該聚焦於想要受眾採取的行動上，而是設法改變這個行動對他們所代表的意義，換言之，也就是他們的感受。**情緒是一切的引線。

然而，這種內在轉變是什麼模樣？又要怎麼在不讓對方感到反感的情況下，讓他睜開雙眼，發現自己相信的事是錯的？

我接下來會深入探討一個案例，並逐步拆解其中的精彩故事。這是一個極其成功的廣告，吸引了無數男男女女，同時也改變了他們的世界觀，但廣告裡的產品是男性無法使用的。三個月後，這部影片在全球共獲得七千六百萬次觀看數（他們原本設定的目標是一千萬次），是該公司觀看次數最多的一部影片。最令人難以置信的是，這部影片的六十秒版本還名列二〇一五年超級盃最受歡迎的數位廣告。

為什麼「令人難以置信」？因為推出廣告的是生產「瞬潔乾爽絲薄蝶翼衛生棉」的公司——「好自在」。這就是故事所在。

就讓我們仔細分析好自在是如何抓住許多人的心，並改變他們的想法。在本書的下一個Part，開始準備創造自己的故事時，你也會經歷同樣的過程。

案例研究・「好自在」

二〇一三年，「好自在」這個品牌想將觸角延伸至新世代女孩身上。世人的態度已經改變，「月經來」不再被當成一件羞恥的事，大家也不再因為難為情而必須加以避諱。在過去，女生月經來被認為在文明社會中是不宜提及的，唯一重要的只有產品的「功效」。廣告裡說得越少越好，自信（這是「好自在」主打的關鍵字）來自於對這件事絕口不提。

現在，這項產品的功效是眾所皆知，也沒有人說「好自在」的衛生棉不好用。然而，「好自在」若只是一味宣傳自家產品有多好用，是不會有人想在社群媒體上推薦的。無論我們對「月經」這個生理現象的態度有多大轉變，要克服這種「厭惡」心理，都不是一件容易的事。該公司就曾感嘆：「應該沒有人會分享任何印有『好自在』logo的東西。」

負責為「好自在」發想新活動的廣告公司李奧貝納，對先前的廣告策略做出這樣的總結：「過去一直從實用層面出發，承諾為女性解決生理問題，讓她們在月經來時更有自信。然而，這種邏輯正是當今女性開始抗拒的……如果我們要繼續待在這個領域，就得把焦點從理性層面轉向情感層面。」他們必須設法找出什麼事對受眾很重要。

李奧貝納知道重點不在於產品有多好，而在於使年輕女孩明白「好自在」理解她們，並且跟她們站在一起。「好自在」除了看見她們的真實樣貌，甚至也能看到她們最好的一面——這是其他人，包含她們自己都沒有注意到的。具體來說是什麼呢？

研究顯示，青春期是女生自信心受到打擊的時候。這個資訊本身只是一個事實，需要深入探究的是「為什麼」。她們之所以覺得尷尬、缺乏信心，真的單純只是面對身體變化會有的自然反應？真的只是女生轉大人必經的另一個生理變化？

廣告團隊進一步探究，發現超過半數的女生在青春期失去自信，是由於社會上對女性的貶低和不友善。但這樣還是太籠統。故事向來必須很明確，所以下一個要深究的是：是什麼樣的貶低？他們後來發現，「在十六到二十四歲的女性裡，只有百分之十九對『像女生一樣』（like a girl）這樣的描述有正面連結」，賓果！挖到寶了。

李奧貝納多倫多辦公室的執行創意總監茱蒂・約翰（Judy John），是這麼形容他們發現廣告任務的瞬間：「我們想處理的是那些導致女孩子自信心下降的因素。聽到有同事說『讓我們來改變像女生一樣的意義』，所有人都感受到『就是這個』！」

請注意一點，她說的是「感受到」。他們手邊有許多事實、數據、圖表和研究，這些確實有所幫助，但他們最後並不是依此做出決定的。他們不用試算表或演算法，而是理解了這些數據之後，根據自己的情緒來做出決定。這與情緒是這項成功的廣告活動背後的驅動力一事，不謀而合。

該團隊了解，說某個人「像女生一樣」奔跑、丟球、打架，或做任何事，已經在無意間變成了一種羞辱，這句話所傳遞出的訊息是：女生不如男生強壯、能幹，她們只要在意看起來漂亮就好。所以女生啊，你們這是何苦呢？你們只是在讓自己出醜而已。男生強壯、能幹，同時也是一切事物的標準——女生則是生氣時很可愛。

廣告團隊明白，更深層的問題在於，社會上普遍存在這樣的態度。年輕女性也很快就將之內化成自己的一部分。她們進入青春期時，這成為一種「自我實現預言」[13]，而且很快就變得像是事實。

現在，「好自在」想要觀眾進行的內在轉變已經很清楚了。他們希望女性能察覺到，「像女生一樣」這種負面刻板印象根本是一派胡言。她們應該澈底拋棄它，並加以改正，重新賦予它獨立自主的正面意義。「#是女生又怎樣」（#LikeAGirl）這個活動於焉誕生。

他們要如何藉由故事來激發轉變？

第一步：誤信

「好自在」必須確立問題，因為這將標示出故事主角「角色弧線」的開端。

為了達到這個目的，觀眾得先了解青少女是如何內化了「像女生一樣」這種負面社會觀念。

人生教會年輕女性，因為她們是女人，天生就得「像女生一樣奔跑」，而這背後隱藏的社會意涵是：再怎麼努力，女性就是無法跑好步。這個故事的首要任務不是要告訴我們，這個錯誤信念有多不正確。而是要讓我們透過實際行動來發現這一點，更重要的是，這一切必須在不羞辱女性的情況下進行。

你可能好奇這部廣告的內容是不是安排好的。令人驚訝的是，他們並沒有事先彩排，事實上，參加者根本不知道自己在拍廣告。影片裡的年輕男女、小男孩與小女孩只是參加了一場公開試鏡，他們不清楚製片人的目的與訴求是什麼。因此他們被問問題時，並不會想到要說出比較委婉或正確回答；他們說出的就是自己所奉行的真理。

廣告的一開始，我們看到一個大型的攝影棚——攝影機、錄音師，以及獲獎無數的導演兼製片人蘿倫．格林菲爾德都在那裡。一名年輕女子走到定點後停了下

13 self-fulfilling prophecy：指的是人們先入為主的判斷或期望，無論正確與否，都將影響到自己的行為，以至於這個判斷或期望最後真的實現。

來，並且看著鏡頭。

格林菲爾德請她展示「像女生一樣奔跑」是什麼模樣。她帶著笑容，在原地蹦蹦跳跳。接著，畫面切換到另一名少女，她邊跑邊撫弄自己的頭髮，好像保持頭髮整齊比較重要。另一位少女則肢體不協調地揮舞雙手，給人感覺跑步這件事讓她很難為情。她們全都刻意做出笨拙、無辜、無助的樣子，也不約而同露齒而笑或咯咯傻笑，彷彿是在故意搞笑。很顯然，她們覺得這樣表演能夠充分回應導演的指示，能彰顯出自己很懂要演得像的關鍵為何，那就是「女生都很蠢」。

接下來，導演請一名年輕男子上前試鏡，要他「像女生一樣打架」。一開始他錯愕地看著鏡頭，心裡可能在想：「什麼，女生又不打架？我沒聽錯吧？」然後，他把手舉到臉頰旁邊胡亂揮舞，有如想把蒼蠅趕走。當然，他也邊揮手邊咯咯傻笑。

格林菲爾德又請一名少年「像女生一樣丟球」。他露出惡作劇的笑容，把手臂舉到身後，接著只是稍微動了一下手腕，就「意外地」把想像中的球弄掉在地上。「唉喲！」他還故意嬌嗔了一聲。

由此可見，「像女生一樣」奔跑、丟球、打架，是愚蠢可笑的行為。這些試鏡者都是這麼想的，並信以為真。這些人並非本性惡毒或有意貶低女性，因為他們被教導這個世界就是這樣運作的，方才的表演只是試圖演繹所謂的「真實」而已。

這個錯誤信念必須推翻。但該怎麼做呢？

第二步：真相

格林菲爾德當然可以召集所有試鏡者，用充滿詳盡圖表與複雜科學數據的投影片跟他們解釋，為什麼「像女生一樣」這種貶低女性的觀念是錯的。然而，她並沒有這麼做。因為這樣只會使他們產生防備心，可能還會說她咄咄逼人、玻璃心、太政治正確等等。當長久以來的信念受到挑戰時，人類就會這麼做，因為我們覺得被質疑的不是信念，而是自己的聰明才智。這從來不會有好結果。

格林菲爾德選擇讓一名十歲女孩出場——她還沒有來到那個性別劃分變得二元對立，卻極不平等的年紀。她被要求「像女生一樣奔跑」時，是竭盡全力地在原地奔跑，好像下定決心要贏得想像中的比賽。接著，導演又問另一名年紀更小的女孩子：「『像女生一樣奔跑』是什麼意思？」她眨了眨眼：「這代表用盡全力，能跑多快就跑多快。」

對於兩組人員之間的差異，李奧貝納的安娜．柯西亞（Anna Coscia）下了很好的結論：「年紀較小的女孩，都用盡全力奔跑、打架，她們帶著堅定的自信與驕傲。她們顯然還沒有受到那些定義女性形象的『規範』影響，只是單純地做自己。對她們而言，『像女生一樣』指的是竭盡所能地做到最好。」

確實如此。當前一組的試鏡人員看到這些小女孩時，他們都清楚明白，「像女生一樣」和你奔跑、打架或丟球的能力好不好沒有任何關聯。這個錯誤信念受到挑戰，大家都開了眼界。沒有人出面訓話要他們改變想法，是他們自己做出了比較。

下一個問題是：若「像女生一樣」並非單純用來描述一個女生做了什麼事情，那這句話究竟是什麼意思？

第三步：發現

故事進行到這裡，觀眾們已經基於自己的親身體驗，開始改寫內在邏輯。他們過去信以為真的事顯然並不正確，那真相又是什麼呢？

格林菲爾德詢問那位假裝把球掉在地上的少年：「你覺得自己剛才有沒有羞辱到你妹妹？」

他看起來很震驚，彷彿從來沒有想過這個問題。「沒有……」他停頓了一下，「我的意思是，有……我確實有羞辱到其他女生，但不包含我妹。」接著，他露出恍然大悟的眼神：他的妹妹也是女生，如果他羞辱到其他女生，那麼這句話顯然不會成立……

格林菲爾德這麼做的好處是，她並沒有貶低、斥責這名少年，而是藉由這個問題來表達她對錯誤信念的輕視；這是兩件截然不同的事。這使少年有機會自我反省，並發現錯誤所在，而不會覺得自己受到羞辱。就算他有任何羞愧的感覺，那也會是出於他自己的領悟。

接下來，格林菲爾德又轉向一名少女：「『像女生一樣』是件好事嗎？」

「我不知道，」她回答：「聽起來像是件壞事，感覺好像在羞辱人。」

然後，格林菲爾德又問我們剛才看到的第一位少女（在原地蹦蹦跳跳那位），她認為女生被「像女生一樣」這樣的話語羞辱，會有什麼影響。

她說：「這一定會打擊她們的自信。她們覺得自己很堅強，可是聽到大家一直講『像女生一樣』，就有點像是在告訴她們，她們很弱、比不上其他人。」

現在，所有人都重新思考自己的信念是否正確，這並不是因為有人告訴他們對錯，而是因為他們親身體驗過。

接著，導演問另一名少女，對於那些常聽到「像女生一樣如何如何」的女孩子，會想跟她們說什麼建議。

「就繼續保持吧。」她說：「因為你們一直做得很好。你做得沒錯，別人說什麼都不重要。」

看到自己的錯誤信念所帶來的傷害，這些女生的內在論述發生了改變，那些男生也是如此。「像女生一樣」不再意味著表現不佳，而是代表竭盡所能、全心投入，代表真實而完整的你。

第四步：轉變

當受眾因為自身的發現而改變世界觀，並激發某個外在轉變時，我們就來到故事的最後一個步驟。此時，他們清楚聽見你的行動召喚。這不是因為你告訴他們該怎麼做，而是他們對這個領悟所做出的理性與情緒反應。現在，你所傳遞出的訊息變成了受眾自我論述的一部分，他們聽從你的行動召喚不是因為你提出什麼想法，而是他們自己想這麼做。

最後，這部影片也有個完美的收尾。格林菲爾德詢問一位第一組試鏡的少女：「如果我現在要你像女生一樣奔跑，這次會有不同的做法嗎？」

少女對著鏡頭露出微笑，並點了點頭。她說：「我會用我自己的方式來跑。」她也真的做到了——動作迅速、堅定且全神貫注。

柯西亞說，這部影片的目的是「讓觀看者展開一場情感之旅」。

「在意識到話語如何影響女性看待自己的方式時，你的情緒會一路轉變：大笑、吃驚，最後是憤怒。當那些年紀較大的女孩發現自己曾陷進某種文化窠臼，並獲得機會重新再來一次時，你會流下感動的淚水。這一次，她們就只是做自己。」

讓我們複習一下這四個步驟：**誤信、真相、發現、轉變**。

這部影片的影響超出製作團隊的預期。這些女孩和男孩所經歷的內在轉變改變了觀看者看待世界的方式。還記得一開始，在十六到二十四歲的女性裡，只有百分之十九對「像女生一樣」有正面連結嗎？在看完這部影片後，這個數字飆升至百分之七十六。它不僅改變了女性看待世界的方式，也改變了男性。有三分之二的男性表示：「現在用『像女生一樣』這樣的話羞辱人之前，我會三思而行。」

當「好自在」在二〇一五年超級盃期間推出這部影片的六十秒版本時……等等，他們居然選擇在超級盃期間，播放女性生理用品的廣告！要知道，超級盃是以啤酒、速食、汽車廣告而聞名的活動。男性觀眾通常都會被穿著清涼、身材激瘦的正妹吸引，以前從來沒有任何公司在超級盃期間播放這樣的廣告——一家販售生理期用品公司所製作的女力精神廣告？到底有誰會看？

結果顯然每個人都看了。負責在超級盃期間監控網路聲量，並公佈前十名名單的Adobe發現，「好自在」的「#是女生又怎樣」廣告取得了第一名，它在社群媒體上的被提及次數超過四十萬次。還記得他們在尋找消費者與自家品牌之間的情感連結嗎？Adobe也補充，這則廣告「在這些社群媒體提及次數裡，也帶動了最高昂的正面情緒，其中有百分之八十四偏重於讚美與喜悅。」

二〇一五年三月九日，「好自在」因為這項廣告活動對全球女性賦權有重大的影響，榮獲聯合國所頒發的獎項。這真是再好不過了。

「#是女生又怎樣」這個活動幫助女孩子擺脫社會所加諸的不切實際的負面期待，所以她們能盡情地做自己。因為人類最深層的渴望就是做自己，而且我們重視的人也喜歡我們的真實樣貌。

他們過去的舊廣告則是正好相反，只聚焦於宣傳他們的產品有多好用，向青少女傳達的訊息只有「這樣比較不容易讓其他人知道誰『那個』來」。這讓青少女們感到羞愧，彷彿生來就有什麼丟臉的事需要隱藏。這次的新廣告則讓她們覺得，「好自在」看見並重視她們最完整的模樣，這使一切大不相同。

因此，她們採取了行動。不分年齡的女性都很樂意在分享她們的想法與成就時，加上「#是女生又怎樣」的主題標籤，進而分享、宣傳「好自在」這個品牌。這讓該公司的推特追蹤人數成長了三倍，YouTube頻道也取得百分之四千三百三十九的驚人成長。這就是故事的力量。

當然，想創造出能帶來改變的故事，你必須先深入探索受眾的個人論述，也就是他們的故事，藉此找出他們的錯誤信念。這就是我們在下一章所要探討的。

重點整理

現在起，我們將運用所學到的關於大腦與故事的一切，來創造出你自己的故事。這裡有一份簡易備忘錄可以參考，我們先來複習一下「故事的真正重點是什麼」：

故事講述的是內在覺察所導致的外在轉變。一開始，主角抱持了一個錯誤信念，這個信念也是使受眾無法聽從你的行動召喚的原因。故事裡發生的各種事件（主角所面臨的無可避免的問題），將迫使他正視並克服這個錯誤信念。

想創造出能改變他人想法的故事，主角的世界觀必須先經歷四個階段，最後受眾才會接受你的行動召喚。

第一步：誤信

這是受眾原本所抱持的堅定信念。直接告訴他們這個信念是錯的，等於同時挑戰他們的自我認同，以及對所屬族群的忠誠度。這個信念讓他們無法聽從你的行動召喚。

第二步：真相

這是你想要提出的論點。故事裡的各種事件都是為了告訴受眾，他們的信念不僅無益，甚至會對他們造成傷害。這個信念不僅使他們不能獲得想要的東西，也無法成為真正的自己。

第三步：發現

故事裡的各種事件讓受眾主動質疑起自己的錯誤信念，最後會發現這個信念是錯的。

第四步：轉變

此時，你的主角（包含受眾）已經意識到，錯誤信念讓他無法實現自己真正的目標，他的世界觀因此發生轉變。這使他得以藉由接受你的行動召喚來解決外在問題，例如努力阻止氣候變遷、打破社會規範，還是重建老舊龜速的網站。

Your Audience,
Their Story, Your Point

你的受眾、他們的故事與你的論點

2

第5章・你的受眾（你眼中的他們）

「沒有真相，只有詮釋。」
——尼采

我的孩子小時侯很愛看《小花鼠歷險記》這部卡通。喜歡的書和電影裡，通常會有一句我們牢記在心並一再提及的台詞，是只有同道中人才懂的「深度哏」。對我們家來說，《小花鼠歷險記》的經典台詞出現在以下場景：

劇中負責照顧艾文、賽門和喜多這三隻小花栗鼠的人類養父——戴夫在出差時打了通電話回家，接電話的是腦袋不太靈光的保姆米勒小姐。戴夫問：「艾文有空嗎？」她顯然對這句話感到困惑，反問：「有空做什麼？」最搞笑的是，艾文就站在旁邊準備跟養父講電話。

這一幕總是令我們全家大笑，因為戴夫的意思非常清楚——「我可以跟艾文說話嗎？」米勒小姐怎麼會不懂？不過現在我倒是有點羞愧自己隨便就笑她笨，因為她的反應確實有點道理。

我猜她的思路可能是這樣：如果戴夫想跟艾文說話，他就會直接講，但他是問「艾文有空嗎」，表示他想的應該是其他事情，才會語帶玄機。因此，反問「有空做什麼事」算是合理的回應。

這說明一點，我們常以為自己清楚傳達了「希望某人做某事」（也就是我們提出的行動召喚），但對當事人而言可能並非如此。就像戴夫和米勒小姐的誤會一樣，我們都戴著截然不同的「解碼器」，因此根本無從掌握對方會如何解讀那些我們自認明確的要求。我們以為自己很了解受眾，其實不然。

更驚人的是，即便我們認為知道自己想要受眾採取什麼行動，也往往錯得離譜。這聽起來很奇怪吧，你怎麼可能不知道自己希望受眾做什麼？這不就是你創造故事的原因嗎？但就像很多事情看似平淡無奇，背後卻比你原本想的更複雜。

所以在本章裡，我們會設法確定你想觸及的對象究竟是誰，以及到底想要他們做些什麼。首先要定義誰本來就不是你的目標受眾，接著會探討你希望受眾做什麼事，以及在你看來，這對他們有什麼好處。這麼做就能鎖定符合你需求的受眾，不過請記得，雖然看起來這些步驟非常合理，但這都只是從你的角度來思考而已。我們之後會在下一章試著從他們的角度來看他們，以及他們所身處的世界。

我們準備應用目前所學到的一切，所以，為了幫助你創作出故事的第一份草稿，接下來的每一章都會有一些練習題，帶領你一步步打造。

每一章的章末都會有「該做什麼事」的練習重點整理。當你讀完這本書，就等於已經完整體驗要怎麼創造出具有說服力的故事。

誰不是你的受眾

在定義誰是我們的受眾時，有兩個常見的錯誤，最終導致幾乎沒有人會聽我們想表達什麼。所以，先來釐清你的受眾不會是誰吧。他們不會是(1)你，也不會是(2)所有人。

我們往往認為，因為某個論點對自己很重要，理所當然也對受眾具有重要意義，其實不然。一個很容易忽略的簡單事實是：試圖說服某個人某件事時，「我們」其實並不重要。

不管是為支持的候選人拉票，還是下載有益身心的冥想app，對方根本不會在乎為什麼我們覺得這件事很重要。他在意的是，我們提出的論點、要求「他」做出的改變，與「他的」信仰體系、個人論述，以及所屬族群所抱持的世界觀有多吻合。這不代表他很自私或自我中心，就像我們沒意識到自己的盲點，也不代表很自私或自我中心。這種傾向可以總結為一個事實：**我們看到的並不是這個世界的本來樣貌，而是我們眼中的世界**。若你不明白這一點，它將成為最大的絆腳石；若你能好好駕馭，則會是你最大優勢。

問題是，就算意識到「知識的詛咒」存在，還是會理所當然地認為，受眾明白我們在做什麼事，同時也有著相同的渴望。誰會不想在右前臂紋上小木屋、貓頭鷹圖案的精細刺青？什麼，居然只有我這麼想？

英國神經科學家塔莉．沙羅特便提醒：「在試圖創造影響時，我們總是先考慮到自己。腦中想的是自己的目標、渴望、心理狀態，以及什麼東西對我們具有說服力。但是，如果我們想要影響眼前這個人的信念與行為時，就必須先了解他的腦子裡在想些什麼，以及他的大腦是如何運作的。」

因此，想創造出具有說服力的故事，讓他人和我們用相同的方式看待世界，就得找出「自己的專長」與「他們現有的需求」之間有什麼交集。有時候，對方的需求淺顯易懂，一下子就能看出來。

多年前，我曾在汽車維修手冊的領域有過相關的遭遇。當時我已在約翰．謬爾出版社工作多年。一九六九年，美國著名自然主義作家約翰．謬爾的曾侄孫（也叫約翰・謬爾），自費出版了一本《如何讓你的福斯汽車不掛掉》，這家出版社因此而聞名。這本書大大改變了使用手冊的寫作方式，因為富有遠見的謬爾先生跳脫工程師與技師的思維，從不具備專業維修技術的車主的角度來思考。儘管謬爾先生在我進入該出版社之前就去世了，他的寫作方法還是保留了下來。

他的做法是這樣：他會找來一台需要維修的福斯汽車，和一位不知「活動扳手」為何的普通人，然後把他寫下來的維修方法讀給對方聽，過程中，他只在旁觀察，不會出手干預。每次維修不同的地方，他都會進行這樣的測驗，並加以修正不清楚的文字，直到福斯車主只需要這本書和一組二手工具，就能順利更換火星塞、調整引擎或重新組裝離合器為止。

這是一個很棒的方法。謬爾摘下了自己的「解碼器」，身為技師的他，因此得以察覺哪些知識是一般人所不懂的，並進一步讓它們以簡單明瞭的方式呈現。他的書至今已經銷售超過兩百萬本。

你或許會心想：「我懂了，我的受眾不是我。但既然我都擴展了視野，為什麼不能把目標訂得高一點？為什麼受眾不能是所有人？」

「所有人」不存在（只有我、你和我們認識的人）

想觸及所有人等於無法觸及任何人，兩者的效果是一樣的。沒有所謂的「所有人」，有的只是獨立的個人，因為抱持共同的興趣與信念而團結在一起；他們的目標都是生存下去——無論是在物質世界，還是在社交圈。

此外，若你試圖觸及所有人，**焦點就會從「吸引受眾的注意」變成「不要在過程中冒犯任何人」**。如此一來，你的創造力就毫無用武之地，因為每個「所有人」所隸屬的小團體都抱持不同的錯誤信念，你不可能光靠提出某個新真相就達成一石多鳥之計。你無法喚起任何情緒，也不會促成受眾的轉變；只會創造出一個平淡乏味，甚至是無聊透頂的故事。這與你的目標正好相反。

你或許會反駁：「我的目標是阻止氣候變遷，這應該是非常合乎邏輯、能將眾人一網打盡的論述吧？氣候變遷會對所有人造成影響，也包括後代子孫，而且每個人現在都能做些什麼來減緩氣候惡化。為什麼受眾不能是所有人？」

答案很簡單。我們生來就需要其他人，但需要的並不是所有的「個人」。我們需要的其實是「族群」，它能確保我們在社交圈內生存下去。當然，在成長的過程中，我們可能會離開某個族群，然後加入另一個族群，並依此調整自己的「解碼器」，但那個族群絕對不會是「所有人」。

就算你想努力觸及「所有人」，還是得提供每個族群不一樣的故事，因為面對行動召喚，不同族群的信仰體系會有不同的反應。舉例來說，二〇一三年由賓州大學華頓商學院的格羅梅博士（Dena Gromet）所主導的一項研究顯示，美國的保守派民眾會為了省錢而購買省電燈泡，但包裝上若貼有「環保標章」，不少人會改變心意，改成買傳統燈泡。

如果你是基於「減少碳足跡」而想推銷省電燈泡，面對這些保守派的消費者，你的任務就不是說服他們環保有多重要，而是找出對他們來說最重要的事。在這個案例裡，他們想要的是省錢，因為「節儉生活」是其信仰體系的關鍵，對他們來說，這才是你提供的實際好處。主打這點你就能在不知不覺中達成任務，他們並不需要知道購買環保燈泡會減少碳足跡。

格羅梅也提到一個重點：「使用環保標章，反而可能會失去一大群原本對你的產品感興趣的消費者。這表示不同的訊息將觸及不同的群體。」確實如此。擔心傳統燈泡會對環境造成不良影響的人，不用特別鼓勵也會自動改用環保燈泡，因此你不如改以「能省錢」為宣傳訴求，這不僅有益於環保，還能觸及一群全新的消費者。

現在我們已經知道誰本來就不是你的受眾，現在還有一類人可能必須剔除。

謝謝，但不必了

這似乎聽起來有違直覺，但我幾乎可以跟你保證，有些潛在客戶、消費者、捐贈者不是你想要觸及的，雖然他們很可能會吵著要搭你的順風車。他們很容易對你所給予的東西產生誤解，很快就會開始抱怨，硬要說你不肯給你一開始就沒有答應的東西，並威脅要在社群媒體上不停發佈相關訊息。不久後，你就會發現自己不是忙著提供他們不可能實現的承諾，就是慌亂地四處滅火，無法為最適合的受眾拿出最好的表現。

你不想要什麼樣的受眾？你想拒絕誰？比方說，在我自己的教練事業裡，我希望客戶聘請我是為了深入探討他們想表達的內容，以便撰寫出最具有說服力的故事。因此，我的受眾顯然是作家，但是哪種作家？是任何想寫故事的人嗎？肯定不是。

多年來我已經學會自問：在這一大群人裡，誰可能是我的受眾，以及我可以放棄哪些人？

老實說，我犯過許多激怒他人的丟臉錯誤，才學會放棄那些不願意深入探究、挖掘出真正故事的作家。對我而言，作家們想針對所有意見進行討論，並告訴我他們的媽媽、好友甚至是寫作團隊所提出的看法，是一件好事。我不希望和只想收到正面回饋的作家一起工作，他們只是期待聽我說：「哇，真是寫得太棒了！我把你介紹給我的經紀人吧。」我不想與無法「殺掉所愛」[14]的作家共事。我不喜歡的還有那些要我掛保證，他們一定可以在三個月內把書寫完、並且順利出版的作家，這些要求都非我的服務範圍。

承接這種客戶不僅讓我頭疼、耗費我的時間與金錢，更糟的是，他們最後都會失望我不能提供他們想要的東西。經過深刻反省，我做出了這樣的結論，適合我的客戶是那些在業內打滾夠久、嘗過苦頭的作家，他們更能明白把故事寫好的重要性，否則作品除了他們自己以外不會有第二個讀者。

藉由定義你不想要什麼樣的受眾，也是在進一步確定自己想為誰服務。這讓你得以仔細推敲自己的任務，以及所要傳遞的訊息是什麼。這也能幫助你剔除那些信仰體系可能無法與你契合的人，以免你忍不住想花力氣說服他們，或者是為了盡可能吸引廣大受眾，而採取過於空泛的說詞。你的受眾群不必很大，只需要囊括那些有潛力成為超級粉絲的個人，他們之後會替你宣揚你的行動召喚，彷彿那是他們自己的一樣（因為它也將會是）。

等到準備好定義出你的目標受眾是誰之後，下一個問題則變成：「所以你希望這些人做些什麼？」除非你知道自己提供的到底是什麼，否則想弄清楚誰會樂於接受，誰又會立刻到推特上譴責你，是不可能的事，因為這完全沒有線索可循。

召集所有的行動召喚

這聽起來很簡單：你的行動召喚究竟是什麼？這個問題比它看起來更困難，因為我們都被自己的最終目標所驅動，所以自然會覺得這個目標再清楚不過。我們希望受眾贊助我們的理念、購買我們的商品、訂購我們的服務、投票給我們的候選人，或甚至只是在老闆過來吃晚餐之前，打掃他們的房間。很清楚，對吧？

讓我舉個例子，請試想你的目標是動員目標受眾一起對抗氣候變遷。好的，我願意支持你，但你希望我採取什麼行動？具體來說，就是在聽完你的故事之後，我和志同道合的夥伴們將動員起來做什麼事？請不要回答「組織一個委員會，透過公平且無限制的自由討論，找出可行的行動方針」。因為這只會讓大家花掉大部分

14 kill your darlings：典故源自美國作家威廉・福克納（William Faulkner），意指一個作家在寫作時，必須捨棄他個人最喜愛的元素，以免因此讓讀者感到無趣。

的時間商討成立小組委員會相關的行政瑣事上。我們需要領導者，而現在那個人就是你。你的目標就是盡可能想出許多具體的行動召喚，從中選出一個能夠進一步鎖定目標受眾，並促使他們採取行動的方法。

請記得，你的終極目標也許與故事的行動召喚並不相同，也可能故事裡甚至沒有提到你的產品。舉例來說，「好自在」的「#是女生又怎樣」活動完全沒有提及他們的產品，而其行動召喚也不是「購買我們的超薄衛生棉」。

當然，這家公司的最終目標是透過贏得更多消費者來提升市佔率。但為了達到這個目標，這項活動的行動召喚是，讓他們的目標觀眾（十六至三十四歲的女性）藉由明白有人與她們站在一起，感受到與品牌之間的情感連結，並分享她們重新定義「#是女生又怎樣」的親身體驗，將這樣的連結傳遞下去。在分享與女力相關的貼文時，加入「好自在」的logo並不難為情，反而是一種團結的展現；這樣的正向連結能鞏固他們的品牌形象。

所以，你希望受眾做的事不可以很模糊、抽象，這是不容改變的原則。它必須明確具體且得以付諸實行。因為若沒有清楚的步驟指引，你的受眾會感到不安；他們知道你希望他們做某件事，卻又不確定那到底是什麼。

找出你的「什麼事」

不管能否想像目標受眾成功變成你想要的模樣，你應該都可以看見自己的最終目標。這就像填空一樣簡單：

我希望受眾＿＿＿＿＿＿＿＿。

比方說：

A 我希望受眾下載我新推出的app。

B 我希望受眾投票給我的候選人。

C 我希望受眾資助我的博物館擴建展覽室。

如果你的目標與這三者相似，那很好，代表它簡單明瞭且具體可行。但若是像第四章提到的那位水族館教育工作者一樣，目標是希望大家回家後「深入思考這些問題」，就表示你不確定行動召喚究竟是什麼。我建議可以想想你希望受眾在深入思考之後，會實際去做的那些事情上。

假設我們的目標是推廣推肥與覆蓋物[15]製作，藉此對抗氣候變遷、減少浪費，同時讓人們接觸大自然（至少願意待在自家後院裡）。我們的行動召喚清單可能會是這樣的：

- 我希望大家把廚餘變成堆肥，然後在後院用它來製作有機土。
- 我希望大家用落葉做成冬季覆蓋物，而不是丟掉。
- 我希望大家捕捉大量的昆蟲，並加以飼養，最後改以蟋蟀餅乾、油炸蚱蜢和蔬菜燉白蟻為主食（昆蟲永遠是最穩定的蛋白質來源）。

看起來很棒，但是目標受眾很自然地會想問：「我能從中獲得什麼好處？」

我將提供受眾什麼好處？

好處？這不是很明顯嗎？如果他們接受我的行動召喚，就能協助確保世界和平、保證孩子們有乾淨的空氣可以呼吸；他們將在路上騎著性能最好、外型最優美的腳踏車，而不是駕駛高耗油量的汽車……這種信誓旦旦的保證本身就是一種警訊，因為你越肯定這項好處是什麼，就越可能沒有真正從受眾的角度來思考，所以也就無法說出讓他們真正認同的故事。幸好這往往代表還有更多好處等待你去挖掘，請進一步研究吧。

提供你一個簡單實用的原則參考：當某件事對你來說異常清楚明白時，很有可能代表許多事情被你視作理所當然。這並不是說你是錯的，大多數人當然會同意世界和平、乾淨的空氣和漂亮的輕型腳踏車是好處，但如果你只停留在這裡，就太小看你的想法了。

以前面列出的廚餘堆肥活動為例，除了最明顯的「能夠幫助扭轉氣候變遷」之外，還有更多益處，像是：

---

15 Mulching：指覆蓋在土壤上的保護層，具有幫助土壤保持濕潤、減少侵蝕等作用。

● 堆肥能使土壤變肥沃，可以種植更多作物。

● 堆肥能減少或甚至是不必使用化學肥料，這能省下不少錢。

● 受眾也將因為垃圾處理費降低而省下不少錢。

● 堆肥有助改善空氣品質。

● 受眾將花更多時間在戶外收集落葉，並接觸大自然。

● 受眾會慢慢愛上燉蟋蟀等昆蟲菜餚。

一旦你開始進行，就會驚訝且興奮地看到這份清單越變越長。儘管如此，有些事的好處在一開始可能是更概念性的，這是另一個警訊。比方說，投票給我的候選人，然後將會：

A 有人不辭辛苦地替你工作。（好的，但要做些什麼？）

B 有人「抽乾沼澤」[16]。（請定義「沼澤」是什麼？）

C 有人處理氣候變遷的問題。（好的，但要怎麼做？）

D 有人捍衛國家價值。（哪些價值？）

E 有人直接開炮。（好的，但那是對誰？）

這些好處都太過籠統，可以用一千種不同的方式來解讀。你的目標是盡可能明確地提出受眾所能獲得的實際好處，不要害怕引起爭議。舉例來說：

16 drain the swamp：為美國前總統川普在二〇一六年所提出的競選口號，意指整頓華盛頓過去腐敗的政治生態。

A 投票給我的候選人，她將傾全力推動單一保險人制健保，因此所有人都可以去看醫生。

B 她將為所有人爭取「全民基本收入」，因此你不必為了繳房租兼三份工作，還得與四個室友分攤。

C 她將竭盡所能地推動禁止攻擊性步槍，因此你的孩子不再需要背防彈書包上學。

換句話說，大膽一點、誠實一點，即便這令你感到恐懼也一樣。若它讓你覺得無助，你的方向就是對的。

儘管如此，有時連要找出一個具體好處都不容易。比方說，如果你要求人們贊助你擴建美術館的展覽室，他們會得到什麼好處？

A 他們將看到更多藝術品？

B 他們的美術館將晉升世界級？

C 這將促進他們的在地觀光？

看到了嗎？這次比較困難。並不是說擴建美術館不會帶來任何幫助，只是要將你的行動召喚「對你有什麼好處」與「對你的受眾有什麼好處」區分開來，有時意外地困難。這就是拉瓜迪亞機場那則廣播所犯下的錯誤。寫這份講稿的人很肯定，那些疲憊且遭受不便的旅客，有天將會感受到這座優美的現代化航廈帶來的好處，但事實上旅客根本不曾想過這件事。

拉瓜迪亞機場應該要跟洛杉磯國際機場學學。同樣是大規模整修，他們把注意力放在旅客身上，洛杉磯國際機場的目標是「減輕機場工程帶來的痛苦，同時為此刻焦慮不安的旅客送上溫暖的撫慰」。所以他們請來許多當地的名人，包含洛杉磯道奇隊的三壘手透納（Justin Turner）、洛杉磯愛樂交響樂團的首席指揮杜達美（Gustavo Dudamel），以及名廚費尼格（Susan Feniger），錄製了一段溫暖的歡迎詞，並點出這座城市值得好好享受的地方。他們沒有否認這個問題，而是將它放進故事情境裡，讓旅客感覺他們跟自己是「同一國」的。

這些廣播與拉瓜迪亞機場的廣播差異在於，洛杉磯國際機場關注的是我們的感受與接下來的生活，而不是他們的機場將會變得多棒。我自己最喜歡的是美國電視節目主持人吉米．金默（Jimmy Kimmel）所錄製的歡迎詞，因為他直接指出問題、不找任何藉口：「嗨，我是吉米．金默。歡迎來到洛杉磯國際機場。我們要為機場施工所帶來的種種不便向您致歉，但在上了四〇五號州際公路之後，您就會忘了這一切。無論如何，我們都希望您能好好享受待在洛杉磯的時光。若需要任何幫助，請打電話給麥特．戴蒙，他沒有什麼朋友。」

聽到這句話時，很難不笑出來。笑會刺激多巴胺、腦內啡與血清素分泌，它們會緩解壓力，降低你的血壓與心跳，使身體放鬆下來，對疲憊的旅客而言，這肯定是很大的好處。聽過「當你微笑，世界就跟著你微笑」這句諺語嗎？這變成了一個生理事實，突然間，你身旁的那些旅客看起來不再那麼像是單純的陌生人。大家都被這個共同體驗凝聚在一起，帶著笑容面對眼前的困難，我們會覺得自己有點勇敢。這似乎只是件小事，但我可以告訴你，如果拉瓜迪亞機場那時在巴士上播放類似的廣播，就算這無法幫助我準時抵達會議現場，但它至少能讓我笑一下，更重要的是，感覺自己被看見。

你必須了解受眾，才能明白自己可以提供他們什麼好處。有了這樣的認知，現在該來鎖定誰才是你的受眾了。

明確一點，誰是你的受眾？

你的目標受眾到底是誰？你可能有很多群人可以選擇。比方說，以我們的廚餘堆肥活動為例，很容易想出許多可能的選項：

- 園藝工作者
- 都市農夫
- 屋主

「園藝工作者」聽起來很不錯，確實有很多園藝人員可能會感興趣，而且他們已經在院子裡工作。問題在於，他們或許會覺得堆肥與覆蓋物太麻煩、費時，甚至有點討厭。除草業者、園藝造景業者，以及像生活風格大師瑪莎·史都華這樣的園藝家也許都會被剔除，這些人可能會有興趣，但也會覺得在後院製作堆肥看起來「髒髒的」。而且，在Google上快速搜尋「園藝人員」時，會出現各式各樣的園藝工作者，這告訴我們一件事——「園藝工作者」這個類別並不像我們原以為的那麼明確。

下一個選項是「都市農夫」，意指實行都市農業、努力自給自足的一群人，他們似乎是很完美的受眾。問題在於他們太完美了，搞不好已經在自己製作堆肥，甚至還能教我們幾個小訣竅。我們的目標也不是說服別人相信他們原本就相信的事。

那最後一個選項「屋主」又如何呢？他們看起來是可能性最低的一個類別，因為我們根本不知道他們是否從事園藝活動。但好在我們非常了解自己的任務，所以知道有十分之七的美國人對這個問題感到憂慮（其中包含百分之五十以上的屋主），擔心自己做得不夠。這當中有百分之七十三的人說他們積極地想要改變，但也有百分之五十一的人不確定自己能做些什麼。這意味著，從概念上來看，許多屋主已經參與其中，但仍在尋求自己能夠提供協助的方法。他們有自己的房子，很可能也擁有後院，甚至對園藝活動有點涉獵——賓果！

由於他們多半都在面對氣候變遷的問題時感到無力，所以在「自家後院」就能找到簡單的解決方法，能夠賦予他們力量，並驅使他們說服朋友和鄰居做同樣的事。他們有成為超級粉絲的潛力，這正是我們所需要的。

現在我們似乎比較知道受眾究竟是誰了，但還是非常籠統。請閉上眼睛，你有辦法清楚想像這些屋主的樣子嗎？或者他們仍是圖表上身分不明的一群人？同理，就算你鎖定受眾是來自華盛頓州的卡車司機、加州好萊塢的文青、維吉尼亞州剛退休的老人、攀岩手、十來歲少年，或喜歡看足球賽的中年男子，還是會面臨相同的問題。這些族群聽起來很明確，但事實是，這樣的分類還是不夠準確。

為了取得成果，我們必須進一步推敲。這些少年是童軍團成員，還是沉迷聽獨立搖滾的？這些中年男子喜歡看美式足球賽，是因為他們下注了幾千元美金，還是在回味高中時的美好時光？這當中有很大的差異。

鎖定你的目標受眾之後，接著請閉上眼睛，試著想像一個能代表這個群體的人。他看起來是什麼樣子、穿著什麼衣服，平常的生活又是什麼模樣？這很重要，因為在你即將創造的故事裡會有一位主角，負責展現出目標受眾所抱持的錯誤信念，同時因為面臨某個問題，迫使他正視它。這一切讓他有所領悟，因而得以解決問題。你現在鎖定的人是誰？請把他想成你故事的可能主角。

以我們廚餘堆肥活動的受眾為例，我想到的是一名三十八、九歲的爸爸科斯莫。他是一個對氣候變遷感到憂慮，但不曉得到底該怎麼辦的人，而他的妻子汪妲也是如此。他們都有工作，也有很多額外的時間，所以會試著吃得健康，也喜歡訂購「料理懶人包」，卻對產生的廢棄包裝感到有點愧疚。科斯莫的右前臂上刺有房子圖案的精細刺青。

我們最感興趣的地方在於，希望科斯莫改變他的日常習慣，也就是他目前處理廚餘、落葉，以及為後院植物施肥的方式（這代表他可能還有花圃）。接下來我們必須鑽研的是，做出這樣的改變對他個人有什麼好處。第六章會詳細說明，人類通常不會為了某個未來才產生的好處而改變。既然科斯莫很在意怎麼阻止氣候變遷，如果我們能立即提供幫助，他將更有可能做出我們所提倡的改變。

但請記得，這還是從我們的角度來看受眾。這個故事是我們告訴自己的版本，很可能和受眾告訴自己的版本大不相同。就像美國社會科學家布芮尼・布朗在《召喚勇氣》一書裡指出，當我們試圖找出任何人做任何事的原因時，只單單從「我跟自己說你是這樣做……」開始，將大幅影響結果。因為這樣的句子能清楚點出，這只是我們的想法，而不是他們的看法；我們很可能是錯的。

舉例來說，我剛才提到的關於科斯莫的每件事可能都完全錯誤。我們的目標受眾或許很討厭那些料理包，也可能根本沒有小孩，更別說身上的刺青了。**我把自己的信念與渴望投射在他身上，將他視為我這個族群的一部分，而不是試著將他看成他那個族群的一分子。**

所以，我不能停在這裡，只呈現我眼中科斯莫的世界觀。即便這是明確思考的第一步，我還是在無意間做了很多假設，因此在第六章裡，我們會開始對這些假設提出質疑，並將它們清除乾淨，直到我們能看見科斯莫如何看待自己為止。

重點在於，若沒有進一步探究，你所創造出的故事很有可能會把重點放在「你以為」的受眾想法，以及為何「你覺得」他們應該支持你的訴求、購買你的商品或雇用你。因此，找出你的受眾之後，你就必須認同他們，雖然這極為困難，但十分值得。

不過，除非你有超能力，不然很難知道其他人在想些什麼，幸好還有別的方法，「讀心術」就是下一章要探討的；而你不用去學魔法，也不需要幫人植入電腦晶片。

該做什麼事

這是一份作業，請拿出紙筆或開啟筆電，然後花點時間將想法寫下來，並將它們付諸實行。

● 你不想要什麼樣的受眾？為什麼？只要你敢，請盡可能顯得誠實、誠懇、諷刺、無助……全部都說出來吧。相信我，這會有很好的宣洩效果。

● 你希望目標受眾做什麼事？你的終極目標是什麼？你會怎麼回答這個問題：我希望受眾＿＿＿＿＿＿＿＿＿＿（請填空）。

● 列出所有可能達成你終極目標的行動召喚。請深入探索，也不要光是思考，把它們都寫出來。

● 把剛才寫好的清單再看一遍，找出你認為受眾將從每個行動召喚中獲得什麼好處。這對他們有什麼幫助？

● 你認為誰會因為聽從你的行動召喚，而獲得最大的好處？為什麼？

● 閉上眼睛，試著想像一個能代表這個群體的人。他今年幾歲、住在哪裡、穿著什麼衣服？越明確越好。

第6章・你的受眾（他們眼中的自己）

「在知道某個人的故事之後，你很難不喜歡他。」

——美國電視節目主持人弗雷德・羅傑斯（Fred Rogers）

我們即將深入鑽研目標受眾的內心。此時，我們必須思考三件事：

1. 從他們的世界觀來看，你的行動召喚將對他們有什麼好處？
2. 當你要求他們做出改變時，必須先破解他們所抱持哪些信念？
3. 從他們的世界觀來看，這個改變將如何幫助他們成為更真實的自己？

明白這些問題的答案，將使目標受眾在聽到你的故事時，覺得自己的心聲被聽見。我必須再次強調：除非感覺到心聲有被聆聽到，否則大家是不會聽你說話的。

想用故事驅使人們採取行動，光是鎖定目標受眾是不夠的。知道希望觸及的人是誰，並且大致了解他們的世界觀，是一個很好的開始，但光只是知道還不夠。想說服他人，你得更深入探究，去了解他們為什麼會這麼做，並實際感受到這些行為背後的內在邏輯，而且不貶低、不輕視。

我們這一章要討論最困難的步驟，就是如何從受眾的角度來看這個世界，去發現他們所面臨的問題與需求（我們的行動召喚能加以解決並滿足）。否則，我們可能會不小心對他們非常在意的事有所誤解，或者更糟的是，根本不以為意。就算你只想打動一位受眾，例如你的老闆、青春期子女或常讓愛犬在晚上亂叫的鄰居，這一點也很重要。即便你的受眾有一百萬人，那還是一百萬個「個人」。

要真正掌握他人內在邏輯最大的困難在於，我們往往假設他們的動機是不懷好意。像是前面舉例提到的鄰居，我們可能會懷疑，他明知自己的狗叫了一整晚會造別人的困擾，卻滿不在乎，搞不好還樂在其中。這樣的猜測讓我們打電話報警時怒火中燒。

但事實也許並非如此。他可能一直努力想讓小黑安靜下來，但怎麼做都沒有用，自己也快抓狂了。小黑之前是他媽媽養的，她不幸在上個月過世了，而傷心的小黑到了晚上就會忍不住悲鳴。儘管你無法一夜好眠，但明白真相之後也許會想要安慰這個可憐的傢伙，而不是控告他。

重點在於，知道你的受眾是誰，以及他們平常都做些什麼只是一個開始。想說服他們做不一樣的事，你必須感覺自己是他們族群中的一分子。

但我要先提醒，從受眾的角度來看你的問題最難受的部分在於，可能會發現他們認為你大錯特錯，而且是個大蠢蛋。由於生物本能使然，一想到這件事你就會血壓飆高，很難坐下來冷靜思考。這不代表智力上的缺陷，這只是因為大腦很自然就會將它視為一種正面攻擊，因此啟動保護機制。美國專欄作家亞當斯（Franklin P. Adams）曾充滿智慧地指出：「用他人看我們的方式看待自己，可能會證實我們對他們最糟糕的猜想。」

但你還可以用另一種方式來看這件事。一開始當你發現他們的想法和自己有多不一致時，那種憤怒情緒是很有幫助的，可以是同理心的起點。你可以告訴自己：「我敢肯定當我說他們是錯的時候，他們心裡就是這種感覺。」

最近，我在閱讀某位專家所寫的政治社論時，就充分學到這寶貴的一課。針對某位政治人物的支持者，她言辭犀利、辛辣諷刺，我自己也認同她的看法。她把他們稱作「短視近利的酸民」，我立刻心想：「沒錯，說得太好了。」但接下來我突然明白，若抱持相反立場的專家說我這個族群是「短視近利的酸民」，我會非常火大，並且從那一刻起，就不會再聽這所謂的「專家」說的任何一句話。

這也就是說，你有理由相信受眾應該聽從你的行動召喚，但他們也有理由不這麼做。這些理由對他們來說意義重大，而且深信不疑。然而，現在我們知道這些理由並不是由外在邏輯驅動的，而是由情緒所驅動，所以不能只試圖找出受眾不這麼做的原因；我們的目標是弄清楚這些原因背後的意義，也就是它們的情感重量。

你的目的並不是用某種論述擊敗買家、捐贈者、選民或消費者，或是用故事告訴他們你有多聰明、你的產品有多棒。你應該設法從你能帶給他們的好處下手，讓你所提供的東西與他們的世界觀融合在一起。這麼做會幫助你按下腦袋裡的靜音鍵，不再糾結受眾幹嘛要問這麼多問題、直接照你的意思去做該有多好等念頭。畢竟，人類不會因為別人告訴自己該怎麼做就照做，我們的行為都是出自於我們的意願。

你的故事必須讓人們自己做出決定，同時令他們覺得這是唯一的好選擇。「好自在」的那部影片看似沒有傳遞任何「訊息」，只是提供觀眾用不同方式看待事物的機會，同時根據自己的內在邏輯，改變他們詮釋自身體驗的方式。

當你深入探究目標受眾所抱持的世界觀時，請問自己這個最強而有力的問題：「他們為何會擁有這樣的信念？」

重點不是他們做了什麼，而是為什麼這麼做

假設我們想觸及第五章提到的，一群維吉尼亞州剛退休的老人。我們先試著想像一個能代表這個群體的人，因此合理推測，他們希望能設法發揮得來不易的專業技能、花更多時間與孫子們相處，以及避開人潮悠閒享受折扣美食。但所謂的「合理推測」是根據誰的看法？

萬一他們其實喜歡穿T恤和褪色牛仔褲，騎著重型機車到處跑，既不覺得自己老了，也不在意什麼美食，那我可就遇到大麻煩了。

到底要如何挖掘受眾真正想要的是什麼？大公司會透過焦點小組來進行調查，過去會當面訪問，現在有些則在網路上進行。焦點小組是由他們認為能代表目標受眾的一群人所組成（這些人都是花錢請來的），他們需要深入回答許多問題，以便確定他們對該公司產品有什麼真實想法。但這種正式研究很花金錢和時間，甚至可能無法獲得所需的結果，因為人們往往不夠坦白，尤其當真正的答案聽起來有點難為情時更是如此。

幸運的是，你可以在社群媒體和真實世界中進行較不正式，但依然有效的市

場調查。你或許不考慮後者，但我認為在真實世界從事調查，有時候是深入探索受眾世界觀最有效，同時也是唯一的方法。

比方說，前面提到的退休族重機騎士可能不會花很多時間使用社群媒體，因此實地走訪經典機車展、俱樂部等，可能是更適當的選擇。無論你是想藉由觀察這些人，進而對他們熱衷的事物有更進一步的認識，還是單純想跟他們搭訕，搜集到的資訊都會驚人地透露出很多事。此外，這也使你得以走進他們的世界，親自體驗他們的生活。他們T恤上的那些標語是什麼？衣服是什麼品牌？消費習慣又是怎樣？這也是偷聽他們說話的大好機會，你可以從中了解他們看待世界的方式。

如果與目標受眾親自見面不可行的時候，還有一個最有效的詢問管道「社群媒體」。網路搜尋雖然無法取代一對一訪談，但兩者其實很接近，事實上，我們在社群媒體上展現出的自己有時反而更真實。例如有些父母每天發文記錄八歲孩子的學業成績，但沒有意識到自己正是所謂的「直升機父母」，很多人看了貼文只會為那個忙著念書的可憐孩子感到難過。

有了這樣的認知，請到推特、Instagram、Facebook、Reddit等平台尋找你目標受眾的成員。但是要怎麼開始呢？你可以先在Instagram上查詢類似的公司或品牌，看看有誰追蹤他們，然後再追蹤這些追蹤者。他們發佈了什麼貼文？還追蹤了什麼？

他們喜歡什麼樣的「迷因」，甚至願意加以轉發？他們還追蹤了哪些品牌，支持哪些公司？他們會連結到哪種類型的部落格、留下什麼樣的留言？

你要尋找的不只是他們做了些什麼，而是他們「為什麼」會這麼做。發現他們的渴望與恐懼，是一個很好的開始。但更深層的問題在於，這些渴望、顧慮與恐懼背後的信仰體系是什麼？他們對哪一個族群忠心耿耿？對他們最重要的事是什麼？他們心目中的英雄是誰？什麼事讓他們徹夜未眠？他們死都不願意承認什麼事？

各種議題將浮現出來，你可能會發現真正把目標受眾裡的每個人團結在一起的，是某件完全沒有想到的事，它澈底改變了你原本認定你所能提供的好處。舉例來說，你的產品是有著輕量碳纖維車架的新款高科技腳踏車。你或許覺得它的關鍵好處在於速度更快、外型更優美，而且走在流行尖端，街上每個人都想要一輛。經過一番調查，你將目標受眾定義為二十五至六十歲的城市通勤族，他們可以騎這台車上班。他們的身體夠強健，同時也擁有購買昂貴腳踏車的經濟能力。但在進一步研究之後，你發現這些人根本沒有在關注腳踏車。苦於早上嚴重的塞車問題，他們想要的是可以準時上班的方法，而你的腳踏車正好能提供解決之道。受眾懷抱著不同的渴望，而你的產品以不同的方式與他們的世界融合在一起，因此產生了不同的好處、不同的故事。

這就是我們的廚餘堆肥活動遇到的狀況：一開始把焦點放在園藝工作者身上，認為對他們來說製作堆肥應該是很簡單的。但是很快就發現，園藝工作者有各式各樣的種類，而且我們還把方向弄反了，問題不在於某個人能否製作堆肥，而在於他為什麼想這麼做。

結果，我們便轉而鎖定另一個更廣大的族群，那就是屋主。畢竟，他們多半都對氣候變遷感到憂慮，也擁有自己的後院，所以不僅有空間製作堆肥，還有很多必須清除的落葉。接著，我依此想像出「科斯莫」作為目標受眾的代言人，希望能說服這位爸爸將落葉變成堆肥。

現在我們得更進一步研究，他這麼做的動機是什麼？他是否有比氣溫逐漸上升更切身的恐懼？他的孩子們又是如何？網路搜尋結果顯示，有七成的青少年認為，氣候變遷將對他們的生活產生很大的傷害，而這多半都是爸媽那一輩所造成的。

研究之後我發現，自己竟然一頭栽進了極力避免的那個陷阱裡：我之所以選擇科斯莫這位爸爸，完全是因為個人偏好。我希望在分擔家務與育兒工作時，可以男女平等，數據顯示男性往往比女性負責更多庭院工作，同時他們也比以前投入更多時間照顧孩子。然而，進一步的研究顯示，在面對氣候變遷的問題時，全世界的女性都「帶頭尋求更公平、公正的解決方法」。此外，和爸爸們相比，媽媽們仍舊負責百分之六十五的育兒工作。這有助於解釋我進行網路調查時，媽媽社群的動態似乎反映出她們對氣候變遷所帶來的影響有著高度焦慮，也很在意這會對孩子造成什麼影響。於是，目標受眾的代言人從爸爸科斯莫，變成了媽媽汪妲。

在研究社群媒體動態的過程中，一個鮮明的形象開始浮現出來：她每天轉發《國家地理》雜誌的照片，這告訴我們她熱愛戶外活動；Instagram上拍攝孩子外出健行的照片顯示，她很享受與家人相處的時光；她也分享和七歲孩子一起製作鳥類餵食器的故事，表示很喜歡自己DIY。她支持那些對抗氣候變遷的政治人物則告訴我們，她最重視的事有哪些。綜合起來，我們要求她做的事確實能幫助她成為最真實的自己。

從她「按讚」的文章與她追蹤的那些人來看，她總是在尋找能將家人凝聚在一起的活動。很好，這也是我們能提供好處的地方，因為製作堆肥會讓人待在戶外，而且孩子肯定可以幫忙。

她有什麼害怕的事呢？從推特上轉發的訊息來看，她想知道孩子們在忙些什麼；她希望能與他們緊密連結，當他們長大成人後，也不要丟下她。她擔心孩子花太多時間待在室內、整天黏在螢幕前面；害怕自己這一輩會留給孩子們不適合居住、無法永續發展的環境。因為每個人都非常忙，她也擔心一家人沒有辦法好好聚在一起——這裡又有一個我們可以提供好處的地方。

請特別注意，這一切都與我們的行動召喚無關。在她的社群媒體貼文裡，完全沒有提到堆肥製作、園藝活動、她如何處理晚餐的廚餘，或者她和家人怎麼處理院子裡的落葉。這完全沒有問題，因為我們要替汪妲解決的問題與她對剩菜剩飯或整理庭院的看法沒有什麼關聯，而是與她看待自身與這個世界的方式，以及她發現的某個問題有關。我們會在第七章詳細說明這一點。

認真研究這項資訊是很重要的。雖然汪妲只是一個人，但她代表了我們想要傳遞訊息的那個族群，也就是目標受眾。請記得，我們所想像的這個人很有可能會成為故事的主角，唯有把注意力放在她的信仰體系上，你才能說出她的語言。如果你弄錯了這一點，你的活動將會因此一敗塗地。讓我舉個例子。

案例研究 · **止痛退燒藥「美林」**

二〇〇八年，「美林」（Motrin）針對新手媽媽推出了一支廣告。負責的加拿大獨立廣告代理商Taxi知道表面問題是什麼，那就是當媽媽們開始用背巾或背帶之後，可能因此背痛。

這很合理，可惜他們並沒有深入探究為什麼這些媽媽會選擇使用背巾，而不是嬰兒推車。因此，我大膽猜測這份腳本是某個沒有背小孩經驗的成員所寫的。儘管提及媽媽和爸爸把孩子背在身上的真正原因，陳述方式卻略帶戲謔，這部廣告裡聽起來相當年輕的女性旁白說：「據說，這是一段真正的親子交心時光。他們說，貼著父母親身體的孩子哭得比其他孩子少。」

據說？講得好像這有可能不是什麼交心時光，但各種研究和這些父母的親身體驗都證實的確如此，那為什麼要說「據說」？這樣的說法像是暗示他們可能做錯了。我的猜測是，廣告公司希望這部影片「聽起來像是千禧世代的口吻」，卻沒有弄清楚一個千禧世代的媽媽到底會說什麼。

然後，我的老天爺，為何還要說「他們說，貼著父母親身體的孩子哭得比其他孩子少」？「他們」是誰？更別說這些爸媽會不知道這件事嗎？更白目的是，這部影片居然說媽媽們之所以背孩子，是因為這樣「似乎很時髦」?!顯然Taxi的工作人員是這麼認為的，女性會這樣做是因為「讓我看起來像是一個貨真價實的媽媽」……要不是旁白的口氣太高傲，這支廣告簡直是來搞笑的。

Taxi堪稱「一不做，二不休」，讓旁白接著說了這句話：「如果我看起來又累又蠢，大家馬上就能明白為什麼。」

「又累又蠢」顯然是團隊某位成員對這些媽媽的看法，但她們肯定不是這樣看待自己的。一名媽媽在推特上抱怨：「他們可能想走前衛風，但是連我老公看了都很火大。」這則廣告完全造成了反效果。

雖然那位旁白不停地抱怨關於背痛的事，卻對緩解疼痛隻字未提。這部廣告最後只以一句意外諷刺的標語作為結束：「美林：我們能感受到你的疼痛。」最好是。

新手媽媽部落格社群立刻表達強烈反彈，而這並不是Taxi想疏遠的族群，因為據財經雜誌《富比士》說：「女性推動了百分之七十至八十的消費者購買決策。」這當中也包含在藥房購買藥品。

最後，他們撤下了這則廣告。

試想若他們真心同理這些媽媽會如何——她們願意承受背痛，是因為這代表與孩子更貼近、讓他們獲得撫慰，因此不需要哭泣。從這個角度出發，影片的走向或許會完全不同：「我們明白緊緊抱著孩子對你有多重要，我們為此讚美你，並希望能在漫長的路程中減輕你的疼痛。這樣你就能對真正重要的事（與你可愛的孩子緊密相繫）全神貫注。」

關鍵在於，如果你所創造出的故事與受眾的信仰體系不相符，最好的情況是他們和所隸屬的族群都忽視你，最壞的狀況則是他們一起反抗、打擊你。

有什麼條件嗎？

這是你的受眾會問自己的問題。想想換作是你，你不會問嗎？所謂的好事通常都有附帶條件。

當你要求目標受眾的成員嘗試某個新事物時，等於同時要求他們放棄現在正在做的某件事。比方說：

- 不要開你那台舒服的汽車上班，我希望你改騎腳踏車。
- 不要立刻把你的廚餘丟進廚餘處理機，我希望你把它們變成堆肥，然後在花圃裡使用。

- 不要在星期六早晨背著背包、騎你那台一九六〇年的哈雷機車，我希望你在食品發放站當義工。
- 不要吃鮮嫩多汁的牛排，我希望你吃一大塊素食豆腐火雞。
- 不要每天早上走進星巴克買一杯提神的濃縮咖啡，我希望你每天捐五美金，拯救我們的熱帶雨林。

探究過目標受眾的世界觀，現在你知道，開車上班讓他們能在面對不講理的老闆前，收聽自己最喜歡的Podcast節目；在星期六早晨騎摩托車兜風，會使這星期剩下的時間都值得度過；咖啡則是人生的萬靈丹。**我們可能會犯的最大錯誤在於，認為自己要求目標受眾改變現有行為時，是在不涉及情感的情況下進行一種對等的取捨。**

毫無疑問地，這不僅是一種外在改變，更是一種內在轉變。你要求他們放棄的不只是對他們很重要的事，可能還是他們自我認同的核心。

舉例來說，我最喜歡穿黑色素面的衣服，若你要我穿色彩鮮豔的花邊洋裝，我寧願去死。因為這樣的洋裝會把我定義成「淑女」，感覺備受束縛，而且極度不自在。但從表面上看來，這一切似乎很簡單，基本上穿衣服的目的是為了不要在大庭廣眾之下裸體。所以從宏觀的角度來看，我穿T恤和黑色牛仔褲，跟穿紅色花邊洋裝有什麼分別？或許沒有，然而我們現在談論的不是整體，而是自我意識的問題。

當你懂得這種內在轉變對你的受眾有何意義時，你就會清楚明白，他們的行為背後都有某些根深蒂固的理由，無論他們是否察覺到這一點。

那些媽媽用背巾背孩子不是因為很時髦，或者想證明自己是「真正」的母親，而是為了與寶貝孩子連結在一起、減少他們哭泣的頻率。而且，當你空出雙手時，更容易把事情做完。我會穿中性的衣服不是因為那很酷或很時髦，而是因為它們讓我覺得自己很堅強。我當然知道有許多堅強的女性也喜歡看起來很淑女，但對我來說，那是一種根深蒂固的連結，只要穿上這樣衣服，我就會有這樣的感覺。無論你拿一件多華麗、漂亮的高級花邊洋裝給我看，都不會改變這樣的連結。說真的，我不是你的目標受眾。

賦予受眾這個外在改變的內在意義（也就是你希望他們做出這樣的改變），正是你會面臨的阻礙。這就是你的故事要瞄準的目標。若那是一個很難對付的信念，你將必須再次探究他們的故事，並用其他方式切入，或是明白自己選錯了目標受眾。所以，**知道哪些信念不能被改變，與知道哪些信念可以被改變一樣重要**。

你要尋找的是受眾心中已經存在的迫切顧慮、擔憂與恐懼；即便不挑戰所有他們重視的事，你的行動召喚也能協助消除它們。這就是他們聽從你的行動召喚所能獲得的好處。

說到好處，在「該做什麼事」的部分，你將在探索的過程裡找到某個隱藏的好處。透過深入了解目標受眾，你也許會發現自己變得能夠同理他們的感受，因為一旦知道他們的故事，就能間接體驗那些對他們最重要的事。設身處地、站在他們的立場思考，你比較可以「感受」到他們會這麼做的理由，進而理解為什麼這對他們是有意義的。你將會了解什麼事讓他們感到自信，什麼事又讓他們感覺成為真實的自己，你可能就會明白他們的錯誤信念是什麼（這個信念使他們無法聽從你的行動召喚）。這就是你的故事要讓他們恍然大悟的地方。

這是一個有力的資訊，你會需要它的一臂之力的。你在第七章將面臨最大的挑戰，也就是在說服某個人做某件他不曾做過的事時，讓他自願改變。

該做什麼事

花點時間研究你的目標受眾，就像我們對汪妲做的那樣。找出某個能代表這群受眾的人，如果有辦法的話，請到這個族群聚會的地方去，然後再深入研究相關的網路資料。你可以依需求蒐集夠多的資料和答案。當你在進行網路搜尋時，請隨時準備好紙和筆。請根據你所看到的資訊，回答以下問題：

● **目前對我的受眾來說最重要的事：**

找出他們現在最大的顧慮。你的目標是盡量提出具體的解決之道，也就是說，他們可以實際上為此做些什麼。

● **為了成為最真實的自己，這是我的受眾最渴望的事：**

他們渴望變成什麼模樣？他們的目標是什麼？請明確一點。比方說，你可能會注意到某個代表你目標受眾的人追蹤了「小房子」[17]這個主題標籤，這或許顯示他們想選擇簡單的居住方式，以便獲得更多財務自由。

● **這是我的受眾最害怕的事：**

他們徹夜未眠，是在擔心什麼事？依照往例，越明確越好。舉例來說，貼文可能顯示他們對自己沒耐心做好垃圾分類有罪惡感、喜歡老套的愛情喜劇而遭受批評，抑或是不知道孩子的學費該怎麼生出來。

● **這是我的受眾現在正在做的事（而不是我最後希望他們做的事）：**

為了聽從我的行動召喚，他們必須放棄什麼外在行為？這項行為與他們有什麼情感連結（如果有的話）？

根據你的發現，試著回答我們一開始提到的這三個問題：

- 從受眾的世界觀來看，我的行動召喚將對他們有什麼好處？
- 當我要求他們做出改變時，會發現他們抱持哪些信念？
- 從他們的世界觀來看，我的故事要如何告訴他們，我要求他們做出的改變將有助於他們獲得某件很想要的東西，讓他們覺得自己很聰明、很有成就感，並且急切地想要與所屬族群分享？

17 Tinyhouse：「小房子運動」是近年來在全球興起的一項建築與社會運動，提倡簡單地生活在小型，甚至是可以移動的房屋內，藉此大幅減輕房貸的負擔。

第7章・發現這些受眾的潛在抗拒

「折騰你的不是眼前的那座山，而是你鞋子裡的小石頭。」

——美國拳王穆罕默德・阿里（Muhammad Ali）

現在你可以從受眾的角度來看這個世界，讓我們重新回顧一下那個不幸的真相：從生物學的觀點來看，改變使我們極度不自在。我們都知道，現狀感覺很安全（即便那不是理想狀態），新事物則像是風險。風險很可怕，因為現在的一切都不見得好到哪裡去，改變可能會讓它們變得更糟。所以我們往往等到被公司解雇，才開始經營心裡夢寐以求的自釀啤酒品牌；我們遲遲不修理熱水爐，直到地下室淹水為止；我們一直吃士力架巧克力，直到心臟病發才明白羽衣甘藍到底有多棒。

這就是你受眾目前的行為模式——拒絕改變，直到自己別無選擇。因此你的故事必須讓他們覺得，被要求做出的改變比較像是一種邀請，使他們得以將自己原本就已經相信的某件事付諸實現。事實上，具有說服力的故事通常都會告訴受眾，他們已經具備足夠的能力與勇氣，可以嘗試那些原本令他們感到恐懼的事。

但要創造出這樣的故事，你必須回答兩個最困難的問題——為什麼你的受眾不曾做過你希望他們做的那件事？是什麼讓他們感到退縮？困難之處在於就算你直接問，他們自己可能也不知道答案。或者更有可能的是，他們會給你錯誤的解答。不過你現在有優勢了，因為你能夠同理他們，不僅知道他們相信些什麼，也可以感受到他們為何會抱持這些信念。但由於你不是他們，所以同時也能看出他們錯在哪裡；你可以看到他們無法看到的事。

在本章裡，你將運用這項新獲得的能力來鎖定目標受眾的錯誤信念。你會發現他們已經面臨的某個問題，而你的行動召喚正好能提供解決之道，就可以開始建構你的故事。

有了這樣的認知，就先從「我們要的不是什麼」開始。因為就算已經進行了很多研究，我們還是非常容易認為自己在尋找的是某個客觀、可量化的事實，例如花費、品質、效用的錯誤信念。這些都是表面上合乎邏輯的反對意見，但真正驅使人們行動的因素都藏在表面下。我們都知道最大的絆腳石是堅信數據與客觀事實能夠說服他人，而這項根深蒂固的錯誤信念，源自於我們社會對於「情緒」壓倒性的恐懼。另一項常見的迷思則是「在涉及經濟行為時，人不會做出違反自身利益的事」，許多經濟學家都相信這個論點，然而各種研究都證實了事實並非如此。

這一點應該不會令人感到意外，因為最重要的不是省錢，而是保住面子。我們希望能藉由行為向族群成員表明，我們是「同一國」的，而這讓我們保持安全狀態，同時覺得自己有價值。但是，當我們的渴望似乎與這個族群對我們的期待發生分歧時，這些錯誤信念會變得更為鞏固，並且使我們無法成為真實的自己。這往往才是你的受眾產生抗拒的原因。這也讓我想起在影集《廣告狂人》裡最喜歡的一個橋段：

當米勒博士正針對消費者調查的重要性進行簡報時，廣告公司的創意總監中途離席。之後，她跟著他走進他的辦公室，並質問他離席的原因。他不僅不認為她的調查能幫助他更了解消費者，甚至還認為她根本不懂廣告是怎麼運作的。

但她在這場爭論中佔了上風。「我們都在同一個產業裡，坦白說，這個產業就是在協助人們找出內心最深層的衝突。」

「所以那是什麼？」他問道。他揚起眉毛，語調中充滿輕蔑。

「簡單來說嗎？」她也不甘示弱地挑起她的眉毛，並回嘴道：「一切都可以歸結為『我的渴望』與『旁人對我的期望』兩者的衝突。」

在吃驚地停頓了一下之後，創意總監眨眨眼，身體往後退了一些，並思考著。最後，他終於不情願地承認：「沒錯。」

或者，就如同布芮尼．布朗在《不完美的禮物》這本書裡所指出的，我們都在「適應」與「歸屬」之間掙扎。一開始，它們聽起來像是同一件事，但事實並非如此。所謂的適應，指的是我們將真實的自己隱藏起來，而歸屬則是指我們的真實樣貌被接納。這兩者是相互排斥的。當我們其實想要歸屬，希望自己的真實樣貌被人們看見並重視時，卻往往掙扎著要適應。

因此，我們會根據一個問題來評價一切事物：「這透露了關於我的哪些事情？」我必須再次重調，目標受眾自問的問題並不是「這個公司、產品、服務或想法本身好嗎」，他們沒有說出口的真正問題是：「從他人看待我，以及我看待自己的方式來看，它會怎麼幫助我或傷害我？」這是一種情感上的成本效益分析，你我都會這麼做。

你的目標就是找出那個錯誤信念，因為它阻礙受眾意識到你的行動召喚將能幫助他們活得更像自己。為了達到這個目的，必須運用我們學到所關於他們的一切，這樣就能透過他們的信仰體系，也就是「解碼器」來看這個世界。

走進受眾的腦海裡

我要先提醒一下，**不要把受眾的行為誤當作錯誤信念本身，這是錯把「結果」當成「原因」**。比方說，拒絕從梯子底下走過去是「結果」，相信這麼做會招來厄運則是「原因」。錯誤信念源自於你的受眾「為什麼」會對各種事件產生錯誤的解讀。所以，想創造一個能說服他們「從梯子底下走過去非常安全」的故事，你不需要弄清楚他們對梯子有何感受，而是要對他們一開始如此迷信的原因追根究柢。

不過，知道這點並不會讓我們比較不想指出他們的錯誤，尤其當他們的錯誤是你可以用客觀事實進行反駁的事情，會變得更有挑戰性。比如說，看見抗議者憤怒地揮舞著「把政府的手從聯邦醫療保險拿開」這樣的標語時，跟他們說明「聯邦醫療保險本來就是政府推動的計畫」將不會有任何幫助。

因為這不是他們生氣的原因。憤怒源自於他們對公平的觀念，他們認為政府拿走自己辛苦賺來的納稅錢，去給那些沒有那麼努力工作的人，這非常不公平。「政府的手」其實指的是他們對聯邦政府的不信任，所以點出「聯邦醫療保險本來就是政府推動的計畫」不會帶來什麼改變，因為這項說明並沒有觸及到這些人真正的顧慮。

再來，我們的第二個反應可能是覺得這些人「很情緒化」。他們確實很情緒化，但這種情緒源自於一個複雜的邏輯系統，這個系統將他們與所屬族群緊密地連結在一起。還記得在第二章談過的那項研究嗎？人類所感受到的情緒不是一種性格缺陷，而是因為大腦試圖保護我們免於身體或社交上的威脅。

某個對你看似最簡單的要求，對目標受眾而言，可能宛如一記響亮的正面攻擊，他們會竭盡所能地避開。然而，故事使我們得以嘗試那些原本會在心底默默抗拒的事。當然，某些信念是不可改變的，例如根深蒂固的政治與宗教信仰。但當你碰觸到這樣的基本信念時，不見得代表失敗，這只是讓你知道，你必須用其他方式切入。

這就是通訊專家珍．普雷格（Jane Praeger）與她在紐約哥倫比亞大學的研究所學生一同研究的主題。他們的目標是使年輕的共和黨員相信核能的危險性。普雷格的學生們沒有試圖根據自己的信念來說服他們，而是進行了大量的訪談。他們只是聆聽、沒有做出評斷，開始從這些年輕共和黨員的眼中來看這個世界。很快地，他們就發現「想獲得一絲成功的機會，就必須設法在情感層面與他們產生連結」。從學生的研究結果來看，其解決方法是捨棄環保相關論點，改從國家安全的角度來提出對使用核能的質疑。

他們該反駁的錯誤信念不是「核能百分之百安全，而且不會對環境產生不利影響」，因為這會挑戰到該族群信仰體系的一項重要原則，學生要避免被看作「環保說客」。他們可以放心瞄準的錯誤信念是「核能發電廠不會對我們的國家安全造成任何威脅」，因為他們發現，對這些年輕共和黨員來說，最重要的是家庭、安全，以及保衛國家。

於是普雷格的學生便指出恐怖分子曾經想要攻擊核能發電廠，而這些核電廠的安全紀錄多半不佳。同時為了讓故事與個人更切身相關，他們又指出，離曼哈頓最近的核電廠就在四十八公里之外。這樣的猜測是可行的，恐怖份子真的可能會這麼做。

和「好自在」的「#是女生又怎樣」活動一樣，普雷格的學生並沒有貶低年輕共和黨員所抱持的「核能無害」信念，也沒有告訴他們應該做些什麼，或要有什麼樣的感受。這些學生沒有說：「現在你們知道核能有多危險了，當然就要反對使用核能啊！」而是把決定權留給他們，自己僅提出建議——考慮到核能的危險性，發展替代能源，並且在需要時使用它們或許是不錯的主意。結果，這改變了他們的想法。

只有新奇是不夠的

所以，到底是什麼使你的目標受眾感到退縮？這裡有一個膚淺但誘人的答案：「因為他們對這件事了解不夠多。」你很容易以為，大家之所以沒有接受你的想法、相信你的訴求、使用你的產品，只是因為他們沒有聽過它而已。因此只要解釋給他們聽，他們就會言聽計從。

這確實有效，但只有當你提供的是他們一直渴望，卻不敢想像自己可以獲得的東西時才有可能。比方說，發明一個能夠把垃圾食物中的熱量都吸走的app，我想你在推廣的路上應該會暢行無阻。但除此之外，要讓目標受眾言聽計從是很困難的。

讓我們再來看看一個經典的例子。一九四七年，方便好用的蛋糕預拌粉首次問世，其包裝盒宣稱只要「加水攪拌」就能迅速做好一個自製蛋糕。當時市面上還沒有這樣的產品，而且蛋糕預拌粉不僅價格便宜，也很省時間，但是依舊乏人問津。

於是，通用磨坊食品公司聘請了幾位心理學家，希望可以找出問題所在。結果顯示，家庭主婦在製作蛋糕時都習慣從頭做起，她們希望能加入自己的創意，但這項產品讓人覺得無從發揮。而且明明只有加水攪拌，卻說蛋糕是自己做的，也讓她們感到有點愧疚。

這個問題與產品本身沒有什麼關聯，而是與使用它讓烤蛋糕的人有何感受有關。解決方法是什麼？通用磨坊只是把其中的雞蛋粉成分去除，這再次證明「以簡勝繁」的道理，而且價格還更便宜。使用者在用新版預拌粉製作蛋糕時，必須自己加入新鮮雞蛋。結果如何？只要到任何超市的烘焙專區走一趟就可以確認，這樣的做法不只有效，而且成果非常好。

通用磨坊自己對於受眾的錯誤信念，成了問題的起源。讓我們用簡易的故事範本加以拆解，了解一下：

誤信：每個人都想用最簡單的方式做事。（有什麼比只要加水再烘烤更簡單的？這會很暢銷的！）

真相：消費者不希望事情如此簡單，簡單到覺得自己與整件事毫不相干。（我烤蛋糕是為了告訴家人我有多愛他們，但使用預拌粉感覺像在騙人……簡單到連我家小狗都可以烤出這個蛋糕。）

發現：每個人都必須感覺自己是這段過程的一部分，那是誠信與使命感的來源。（簡單當然是好事，但毫不費力卻不是。我們學到了寶貴的一課。沒有打幾顆蛋，顯然做不出煎蛋捲或蛋糕。）

轉變：我們要做的只是把預拌粉裡的雞蛋粉拿掉，這樣消費者就會覺得自己參與其中。這有多簡單？（我們提供更少的東西，他們卻買得更多，這真是一種雙贏的做法。）

他們新的廣告標語只有簡單的一句話：「加顆蛋進去吧。」

這個故事有什麼寓意？我們學到不要急著說：「只要一五一十向目標受眾解釋，他們就不會抗拒我的訊息了。」如果這種事沒發生，通常只是你還沒有遇到而已，所以最好花點時間確定這一點。

為什麼他們不肯直接說？

你或許會想：「既然已經這麼了解我的受眾了，為什麼不能直接問他們，是什麼事使他們感到退縮？」這個想法很好，只是這麼做不會成功。就算直接問這些家庭主婦，她們也無法解釋為什麼不想買這款簡單到不行的蛋糕預拌粉。並非她們故意說謊，而是在這種情況下，即便是最認真坦誠的受訪者都會有以下其中一種反應：

1. 他們會告訴你他們認為你想要聽到的話，因為心裡希望你喜歡他們，而且不想要冒犯任何人。
2. 他們不會承認自己感到無助的事，因為如果他們這麼做，你可能不會喜歡他們。
3. 儘管他們極其誠懇地回答你，那也不會是「真正的原因」，因為對他們而言，思考真正的原因是很可怕的一件事。
4. 他們根本不知道「真正的原因」是什麼，他們自己可能從來沒有想過這個問題。

唯一可以確定的，那就是無論他們給你的理由是什麼，都絕對不是抗拒的真正原因。因為大多數人都知道自己想要什麼樣的感受，卻往往不曉得什麼事會使他們有這樣的感受。在開始討論怎麼克服這種極為常見的挑戰之前，讓我們先來看看，合乎邏輯的表面答案如何轉變成真摯誠懇的理由。

我的好友兼同事珍妮．奈許負責經營一項名為「寫作加速者」的寫書教練服務，她試圖找出作家們不願意聘請教練的原因。這些作家的最終目標都很明確，他們想寫出一本成功的書，那為什麼不聘請寫書教練呢？可量化且合乎邏輯的表面原因顯而易見，那就是價錢，因為費用並不便宜。這是一個很保險的答案，但研究結果顯示，錢並非原因所在。

那是因為時間嗎？「寫作加速者」要求作家們提出幾個截稿日期。但結果顯示這麼做是利大於弊，設定截稿期限讓作家專注，而且會感覺自己對這項目標是認真的。

還是他們害怕收到別人的意見？結果也不是。作家希望獲得他人的回饋，這樣才知道自己的方向到底對不對。此外，寫作是一項孤獨的工作，有人知道你的故事，並且和你一樣在意它，提供了很大的好處。

既然如此，若不是因為某個明顯的外在原因，那麼問題就變成：「這些作家想要有什麼感受？」

原來，他們希望這本書（包含他們的聲音、故事，以及他們所訴說的真相），還有這本書的成功都只屬於自己。他們害怕若聘請了教練，會失去這種「捨我其誰」的感覺，作品將不再是他們真正的聲音，也擔心作品會被教練完全主導，最後還被讀者發現。這不僅丟臉，還會毀掉一件很重要的事，那就是作家成為創作者的渴望。

結果，這樣的錯誤信念變成了真正的絆腳石——他們誤以為，如果自己需要他人的協助，就只是一個失敗者。「真正的作家」必須具備獨立作業的能力，若是接受別人的幫助，那部作品就不再屬於你。

當珍妮告訴我這個故事時，我很能認同。某位才華洋溢且有所成就的年輕作家在第一本小說出版後就曾懇求我，不要讓任何人知道我們曾經一起合作。這是她的知名經紀人與備受推崇的出版社提供的建議，他們害怕這件事會玷汙她在讀者眼中「才女作家」的形象。

然而她真的是個天才，我只是幫助她鑽研她正在訴說的故事而已；這個故事與整部作品都是她自己的。儘管如此，那些專業人士還是擔心，我的協助在某種程度上，會使她和小說在大眾眼中顯得沒有那麼成功。但說實話，有誰在讀完非常喜歡的小說之後，看到致謝辭裡一連串的感謝名單會想到「可惜了，她還不算是個真正的作家」？不過這位作家與出版團隊很肯定這種事會發生，而且覺得自己像是個冒牌貨——即便這不是事實也無法改變他們的想法。

不過至少她有勇氣向我坦承這一點。那些讓我們感到無助的事，通常是我們最不願意承認的。但諷刺的是，我們很快就會發現，往往就是這些事使我們成為別人眼中的英雄。「無助」是故事的靈魂，因為沒有什麼比承認某件令自己感到赤裸的事更強而有力、更激勵人心，甚至更困難。想說出一個好故事，這就是你的主角該做的事——正視他們的錯誤信念，並且克服它。這裡有一個很好的例子，正好可以說明這一點。

案例研究・6號汽車旅館

一九八六年，喬・麥卡錫（Joe Mccarthy）接任6號汽車旅館（Motel 6）的CEO時，知道自己面臨一個很大的問題——這家旅館的入住率一年下滑兩個百分點。他得想個辦法，而且要快。為了止血，他聘請廣告代理商「理查茲集團」（The Richards Group）的斯坦・理查茲（Stan Richards），讓他負責發想宣傳廣告，希望能扭轉這個局面。

理查茲募集了一個全國性的焦點小組，是由過去三個月內曾經住過6號汽車旅館的人所組成。當被問到在外奔波時他們會住在哪裡，每個人都提到一家全國連鎖汽車旅館，但就是沒有人說6號汽車旅館。接著，調查人員再次詢問這個問題，還是沒有人提起，雖然他們都曾經入住過。緊張的調查人員又問了第三次，同時也給出提示：他們是不是忘了某一家連鎖旅館？此時受訪者已經累了，但還是沒有人提到6號汽車旅館。

正當調查人員想放棄、中止這場意見調查，並重新思考應對策略時，有一個獨自前來的人高聲說：「如果是在半夜，我就會住在6號汽車旅館。這樣省下來的錢足夠把油箱加滿。」

這麼說真的要很有勇氣，因為其他人可能會心想：「真是個守財奴，她八成也會翻找垃圾桶『尋寶』吧。」沒想到眾人反而因此受到激勵，又有另一個人說：「我也會做同樣的事。這樣就能省下足夠的錢買禮物給我的孫子。」

理查茲說：「這場關於6號汽車旅館的『表白大會』持續進行著。在我們看來，這群人只是不想讓房間裡的其他人覺得自己很窮或很小氣而已。在交換彼此的故事時，他們原先的難為情變成了一種自豪，他們會住在6號汽車旅館不是因為自己很小氣，而是因為很節儉。」

他們認為會令自己變得糟糕的那件事反而使他們成為英雄。那位勇敢的人則是這當中最大的英雄。她夠勇敢，願意承認某件自覺會丟臉的事，但是當她願意面對自己的無助時，反而獲得了報償。因為結果顯示，住在6號汽車旅館並不丟臉，而是一件值得驕傲的事。她是怎麼發現這一切的？由於她這個族群的其他成員立刻開始講述類似的經驗，從他們的反應中了解到這一點：她替其他人說出了他們不敢說的話。

現在，理查茲明白了兩件事。首先，他們必須克服這樣的錯誤信念：住在6號汽車旅館很丟臉，因為它很便宜。就連旅館的名字本身就在宣揚低價格優勢（當初就是因為一個晚上的住宿費只要六塊錢美金而命名的），他們遇到了一個大麻煩。

他們發現的另一件事是什麼呢？那就是矯正這個錯誤信念的方法：提及省錢的好處，同時針對消費者形象重新定義。因為「小氣」與「節儉」之間有很大的差異。小氣使你變得吝嗇，節儉則使你顯得聰明，並且讓你能花大錢買下毛茸茸的兔子玩偶給可愛的孫兒。

看到焦點小組裡的人一開始要承認自己住過6號汽車旅館是如此困難，目標受眾肯定都有這種難為情的感覺，大概也不太願意跟親朋好友多談晚上住在6號汽車旅館的經驗。所以要怎麼將這個看似不利的因素轉變成好處，使疲憊的旅客成為故事裡的英雄？

若那些老派經濟學家的觀點是對的，我們只需要點出他們省下了多少錢，然後6號汽車旅館的房間就會全部被訂滿。然而，我們總是做出違反自身經濟利益的事，就像小時候爸媽就一直告訴你，錢不代表一切。這些焦點小組裡的人目的不是省錢，而是為了避免蒙羞。

理查茲集團需要一個故事來告訴大家，住在6號汽車旅館並非向大家宣告你一毛不拔或手頭很緊。於是，他們想出了一個廣播宣傳活動，並且請到電台主持人湯姆．博多特為主角——那時，他只是美國全國公共電台一名默默無聞的故事主講者。據當時在理查茲集團擔任創意總監的大衛．佛勒所言，他「嗓音獨特、妙語如珠，讓人一聽就愛上」。博多特成了他們的鄉土代言人，他具體呈現出這樣的事實：住在6號汽車旅館不代表你很小氣，而是代表你很聰明，不把錢花在豪華客房與冰冷的大理石大廳上。這些錢可以用在更重要的事，例如孩子們的學費上。

他們之所以選中博多特還有一個原因，那就是他聽起來像是他們的目標受眾。佛勒打電話給博多特、說要聘請他時，博多特問道：「為什麼是我？」佛勒毫不遲疑地回答：「因為你聽起來很像是會住在這家旅館的人。」博多特也若有所思地說：「我聽起來就像會使用這項產品……我確實如此。我和他們來自相同的族群，而我總是對各種矯揉造作，包含做作的主持方式感到很不自在。」

接下來，博多特做了進一步詮釋。首次錄音時，他隨口說出6號汽車旅館一直以來最具代表性的廣告標語：「我們會留一盞燈給你。」二〇〇七年，他在《廣告時代》雜誌的一篇專訪裡，對此做出很好的總結：「我想『我們會留一盞燈給你』這句話會成功，是因為它是我們在現實生活中，經常對彼此脫口而出的一句話。」確實如此。有哪個遠離家鄉的孤單旅客不是在尋找能安穩歇息的落腳處？知道有人在意，並且留了一盞燈給自己，是令人感到欣慰的一件事（尤其當他明白你的真正目的是什麼，並協助你達成目標時更是如此。）

從那時起，6號汽車旅館就一直生意興隆。理查茲說：「儘管價格貴上不少，和其他經濟型旅館相比，6號汽車旅館仍舊被認為是最超值的選擇，因此連續三十年持續成長。」這就是完美故事的力量。

誤信：住在6號汽車旅館代表你很小氣。

真相：住在6號汽車旅館意味著你的錢有更好的用途，而不是花在那些無謂的旅館設施上。你把錢省下來，是為了花在真正重要的事情上。

發現：如果我住在6號汽車旅館，不僅代表我很聰明，也很符合我的價值觀。他們真是了解我，難怪他們留了一盞燈給我。我們是「同一國」的。

轉變：未來我不但會入住6號汽車旅館，還會把它推薦給我的朋友們，免得他們因為和我一樣的理由而選擇不住這家旅館。能將這一切傳遞下去的感覺真好。

鑽研更深層的原因

就算你有機會進行個人訪問（或者試圖說服老闆、配偶或家裡喜怒無常的青少年用不同的方式看待某件事），要讓他人承認自己最深層的恐懼都不是一件容易的事。人不可能馬上就顯露出他們的錯誤信念，尤其他們自己往往根本不知道那是什麼。幸運的是，由於你花了很多時間研究目標受眾的網路行為，你可以私下在自己家裡進行一場思想實驗[18]，他們永遠都不會發現。

這場實驗會從與你行動召喚相關的一個簡單問題開始；這個問題很籠統、很表面，但沒有關係。你可以持續探究，同時不停地問：「為什麼？」因為針對他們的行為，他們所提供的外在原因總是掩蓋了某個更強而有力、更私人且不願意透露的理由。

首先，讓我們試著一層層鑽研某個人想要某樣東西的真正原因。一開始，我們會先詢問虛構出來的傑克，他想要什麼，以及為什麼。現在讓我們開始吧！

我們：「你想要什麼？」

傑克：「我想要賺很多錢？」（誰不想呢？）

我們：（哇，你真膚淺啊。）「為什麼？」

傑克：「因為我希望能更常奢侈地度假。」（我聽起來經濟能力還不錯吧？還是這樣講太過頭了？我不希望他們覺得我是個混蛋。）

我們：（這人真是既膚淺又重物欲。）「為什麼？」

傑克：「因為我想花更多時間與家人相處。」（希望這樣說可以被接受，至少我現在聽起來沒有那麼欠揍了。）

我們：（我就知道，人終究是如此，現在有點進展了。）「為什麼？」

傑克：因為我們最近漸行漸遠。（為什麼我要承認?!他們現在一定覺得我很軟弱。）

我們：（現在我理解了，那一定很難受。傑克覺得使他顯得軟弱的事反而讓我們能同理他的感受。）「為什麼？」

---

18 thought experiment：為一種以想像力進行的實驗，這種實驗思考的都是現實中無法做到，或還沒有做到的事。

傑克：「因為我花太多時間在工作上了。」（唉，我必須做該做的事。但這確實很累，也很孤單。）

我們：（可憐的傢伙……聽起來像是一個惡性循環。）「為什麼？」

傑克：「因為不能帶家人去度假的人都是失敗者，如果我是失敗者的話，我的家人就不會愛我了。唉，我也不會愛我自己。」（等一下，我真的這麼認為嗎？）

我們：（太好了！）「噢，傑克，讓我給你一個擁抱。」

誤信：我必須全年無休地工作，這樣家人才會覺得我是個成功的人，並且愛我。

真相：因為我總是在工作，我的家人感覺被冷落。

發現：這不是錢的問題，而是花時間與他們相處的問題。

轉變：我要少工作一點，也許帶孩子們去海邊度假一下（他們一直吵著要去）。

這個實驗可以說是一種角色扮演，成功與否取決於以下兩點：(1)隨著這些問題越來越私人，我是否能讓傑克誠實面對，並且更明確地表達自己的情緒。(2)為了想像什麼是驅使傑克行動的真正原因，我是否能強迫自己跳脫現有思維，從他的思考模式來思考。

這是需要想像力的跳躍式思考，或許你一開始會覺得有點可怕。但由於已經下了很多功夫，能理解目標受眾的世界觀，你可能會開始同理他們的感受。請相信自己的理解，以及在提問過程中所浮現出的任何直覺想法。

當你試圖追根究柢時，另一個有用的技巧是不停地問：「所以呢？」請想像你青春期的兒子邊開車邊傳簡訊，而你已經跟他說過非常多次這樣有多危險——包含念出各種統計數字、逼他看可怕的YouTube影片，直到他鄭重發誓，不會再邊開車邊傳簡訊為止，然而手機帳單說的又是另一回事。他不肯聽話是不是因為還太年輕、冷漠，覺得自己所向無敵？也許是如此，但藉由深入探究，我們有機會可以發現他這麼做的真正理由。

以下這個例子是思想練習，因為大概沒有哪個青少年會願意承認這麼多事。關鍵在於，無論你是實際進行演練，還是自己練習，都不要批評你的受眾（不管他承認了些什麼）。

你：「為什麼你要邊開車邊傳簡訊？」（這件事這麼危險，你怎麼還敢做？）

他：「媽，這很安全——如果不安全的話，我就不會坐在這裡了，對吧？這叫『一心多用』。而且，若我不邊開車邊傳簡訊，就不能馬上回我朋友了。」（光是想到這一點，我的心臟就怦怦跳。）

你：（你是覺得傳簡訊比活著更重要嗎？）「所以呢？」

他：「他們會覺得我不在乎。」（或者發現他們其實不在乎我。）

你：（你在說什麼啊！瘋了嗎？我不能激動，一次處理一個問題就好……）「所以呢？」

他：「喔，他們可能會不爽我。」（或者覺得我太膽小、不敢邊開車邊傳簡訊，或是覺得不值得傳訊息給我，尤其不能讓貝姬這樣想。）

你：（不爽？為什麼？）「所以呢？」

他：「他們就會傳簡訊給其他人。」（萬一貝姬傳訊息給馬克怎麼辦？我知道他也喜歡她。）

你：（啊，現在有進展了，所以是擔心朋友不理你——等等，你想的一定是貝姬。）「所以呢？」

他：「媽，這樣我就會變成邊緣人，懂嗎？」（不敢相信我竟然會承認這一點！）

你：（好想給我的寶貝一個擁抱。）「我懂了。」

請特別注意，在這個模擬情境裡，這位媽媽並沒有大聲批評她的兒子。當然，她知道他的行為錯得有多離譜，所以在心裡默默評斷他。聰明的是，她並沒有把這些想法說出來，因為光是做出這樣的暗示，他可能就會關上心門，她將永遠無法得知真相。為了達到目的，她只是不停地問那句中性的「所以呢」，直到她發現兒子行為背後的「原因」為止，而這一切也讓這個行為不再那麼膚淺。

她終於明白為什麼那些關於「邊開車邊傳簡訊有多危險」的可怕事實都會被當成耳邊風。這不是因為他不受教、自以為是或手機成癮，而是擔心如果沒有立刻回覆喜歡的女生的訊息，她就會覺得別人比較喜歡她（因為馬克總是立刻回她訊息）。

這樣的資訊重新界定了該解決的問題是什麼。絕對不是如何讓這名少年理解開車分心很危險，而是要導正他內心的恐懼──每一則訊息都必須立刻回覆，否則女生就會不理他。對他而言，這件事比活著還重要。這不僅回答了問題「我的青少年兒子老愛傳簡訊的真正目的為何」，也告訴我們故事必須根除的錯誤信念是什麼。

這種練習能使人發展出同理心。在上述情境裡，這位媽媽突破兒子表面上的辯解，看見更深層的原因：若他沒有這麼做，他覺得會遭受損失。這讓她感受到兒子的焦慮、恐懼與渴望，想起自己在面臨某些情況時也有同樣的感受。即便有時不想承認，但我們確實很像。

儘管如此，找出目標受眾行為背後真正的原因後，**你可能還是會很想跟他們說，他們的錯誤信念有多不正確。請不要急著這麼做；讓你的故事來告訴他們這一點。**若這位媽媽跳起來說「我知道你覺得自己不馬上回就會錯失某些機會，但事實是……」，我保證從那一刻起，她兒子就不會再聽她說話了，因為她告訴他該怎麼做。你必須用故事將論點直接注射到受眾的腦子裡。

翻開新的一頁

讓我們回到廚餘堆肥活動，看看能否鎖定受眾的錯誤信念，用它找出我們的行動召喚能加以解決的問題。首先，我們希望能鼓勵目標受眾（以汪妲為代表）藉由以下方法，將更多的有機物放進他們後院的土壤裡：

- 把他們的廚餘變成堆肥。
- 不要把落葉裝進袋子裡運走，而是直接在後院將它們做成覆蓋物。

我們知道汪妲十分在意氣候變遷的問題，她也有非常多事情可以做，但由於選擇太多，她可能反而做得少。所以，即便她對我們的顧慮深有同感，也願意仔細聆聽我們希望她做的事，但可能會延到明天或後天才付諸實行。對她來說，日常生活中無止境的要求使「立即改變」變得極為困難，更別說我們的要求是奠基於「創造更美好的世界」這相對模糊的訴求。

因此，要再加重她的負擔是不會成功的，不如改把焦點放在與她更切身相關、現在苦苦掙扎的某件事上。我們發現，像她這樣的父母親覺得孩子盯著螢幕看太久，花更多時間待在戶外對他們比較好。父母親希望能找到將家人凝聚在一起，同時花費也不高的的活動，但孩子的課業已經太過繁忙，根本沒有時間。

汪妲的錯誤信念多半都圍繞著孩子打轉，她害怕自己會留給他們一個不適合居住的環境。儘管她想花更多時間和他們一起從事戶外活動，但考慮到他們長大後要面對的社會並不容易，騰出時間玩耍似乎有些輕率，畢竟玩耍無法幫助他們獲得在二十一世紀生存與成功必備的技能。但若玩耍可以呢？如果我們的要求感覺像玩耍又會如何？

這代表必須反過來仔細推敲「我們」想要的到底是什麼。我們的目標是讓更多人把廚餘變成堆肥，並且把落葉當成後院花圃的覆蓋物，但並不是每個人都是園藝工作者。（事實上，從汪妲的作息來看，她恐怕根本沒有從事園藝活動。）然而，所有人都能協助對抗氣候變遷，只要不讓他們的落葉進入垃圾掩埋場，就能幫忙製作有機土、對抗熱島效應[19]、進行碳捕集[20]。我們能否設法使這件事變得有趣？

我們要想辦法讓聽從行動召喚對此時的汪妲而言，是一種更實質的好處，例如推出一項活動，鼓勵她提供落葉給社區花圃運用。這項活動全家人都能參與，而這就是重點所在——他們覺得這一切像是在玩耍，因此解決了一個大問題。這不只是一個提供「怎麼在家對抗氣候變遷」相關資訊給孩子的充實活動，也能讓他們有實際執行的經驗。這項活動將一家人團結在一起，並讓孩子們待在戶外、遠離螢幕，產生使命感與志同道合的情誼，也能鞏固了社群連結，而且跳進落葉堆裡令人感到愉快。

誤信：每項充實活動都只是讓我和孩子的生活變得更有壓力，大家原本就已經很長的代辦事項清單上又多了一項。我們沒有時間玩耍。

真相：和孩子們一起收集落葉，裝袋之後交給社區花圃這種簡單的事，也可以是一項充實活動（儘管它看似玩樂）。

發現：我們有時間做這件事，因為反正都要處理那些落葉。現在這麼做是有目的的，讓我覺得和孩子們正在為氣候變遷的問題做些什麼（雖然微不足道）。此外，我也會告訴他們如何照顧地球、成為一個好公民，以及和我們的社區與大自然連結在一起。

轉變：或許我能讓整個社區一起出力協助——也許我並沒有自己想的那麼忙，還是可以在後院種自己的小花園，若孩子們喜歡的話……

她的問題解決了。而且請注意，我們完全沒有提到本來想要求她做的其他事，也就是把廚餘變成堆肥。當然這件事還是很重要，但它並不能解決她的問題。尤其是要讓孩子幫忙製作堆肥，聽起來就像一件苦差事，更容易使他們跑去黏在螢幕前面，而不是拿起堆肥桶。換句話說，當你試圖說服受眾改變他們的行為時（就

19 heat-island effect：由於都市人口集中、空氣汙染嚴重等因素，再加上都市建築主要以石頭與混凝土建成，導致其年平均溫度比郊區、農村高，進而形成都市熱島效應。

20 carbon capture：碳捕集與封存是指從發電廠、工業場所、甚至直接從空氣中捕集二氧化碳，並將它永久儲存在地底下，避免它進入大氣層、造成溫室效應。

像與你的孩子們相處時一樣），最好慎選你的戰場。

現在，你已經找出故事要顛覆的那個錯誤信念是什麼，下一步則是把注意力放在這個故事所要提出的論點上。這個論點將令你的受眾產生共鳴，並恍然大悟——不僅發現自身的錯誤信念有多不正確，同時也明白，是什麼讓他們沒有察覺到你的行動召喚能夠帶來好處。

該做什麼事

現在輪到你了。根據你的調查，試著想像一個能代表此族群的人，並且給他一個名字，讓他感覺更真實。花點時間，改用他的思維模式來思考，鎖定他的人生處境，以及內心的希望與恐懼。接著，從他表面上可能會對你的行動召喚有什麼樣的反對開始，想像你們之間的對話。（在這段對話中，你會用「為什麼」或「所以呢」來回應對方的每一個答案。）找出你的要求與他看待世界的方式之間有何衝突。然後，根據你所收集到的、關於目標受眾的所有資訊，好好探究以下兩個問題：

- 我的受眾抱持什麼樣的錯誤信念，讓他們無法聽從我的行動召喚？請設身處地、改用他們的思維模式來思考，並且試著鎖定這個信念，你的故事將促使他們對此重新思考。
- 我的目標受眾已經面臨什麼問題，而我的行動召喚能加以解決？

第8章・你的論點是什麼？

「人類心智處理的是故事，而不是邏輯。」
——美國社會心理學家強納森・海德特（Jonathan Haidt）

我常聽說，某些最偉大的想法都誕生在餐巾紙的背後。據說西南航空、拉弗爾曲線[21]、磁振造影儀、動畫《海底總動員》等，原本都只是一張草稿或一、兩句話而已。無論這些故事是真是假，我都很佩服餐巾紙上那有限的空間能迫使人們抓住重點。

但是在餐巾紙上勾勒未成熟的構想，以及將某個偉大的想法濃縮成幾句精練的話之間，存在著很大的差異。你已經來到一個更強而有力的位置，得以創造出簡單卻極具深度的東西。現在你的目標是，把目前所學到的、關於目標受眾世界觀的一切歸結為某個重點（也就是故事要提出的論點），甚至在不需要開口的情況下，讓受眾聽見你行動召喚的呼喊。

你的故事要提出什麼論點？我們談的不是那種從以理服人的論點，你的故事將用受眾的主觀邏輯來挑戰他們的錯誤信念。這樣你的論點才能與他們產生共鳴，並且揭露他們的錯誤信念是不正確的。

你故事所要提出的論點，其實是一種「發現」，而不是一個事實或一張圖表。論證、辯論、專欄文章所提出的都是明確的論點，而故事裡的主張則很隱晦，目標受眾可能根本不認為你有提出什麼論點，因為他們會自己做出結論，而且並不知道這一切都出自於你的仔細引導。故事帶給他們的體驗將替你表明論點，讓他們明白為何你的想法、產品或服務能使他們同時獲得外在和內在好處。例如「用了我們的牙膏，你的牙齒就會閃閃發亮」是外在好處，至於「你閃耀的笑容將點亮整個房間，這樣就不會有人知道你其實不善於交際」則是內在好處。

確定你的故事要提出什麼論點之後，接著就是找出能充分說明此一論點的情緒。故事將喚起什麼樣的情緒，與論點密切相關，它們會緊密地融合在記憶裡，讓受眾的大腦判定這個記憶值得保存，以供未來參考。

正是這種感受促使受眾起身行動，比方說「做就對了！」（Just Do It！）總是

21 Laffer Curve：為一種假說，設想了政府稅收與稅率之間的關係。

讓我一躍而起。這是我長久以來最喜歡的廣告標語，總能讓我感覺一切都自己的掌握中，並且讓腦袋裡喋喋不休的聲音停下來，幫助我把注意力放在那些最後使我感覺很棒的事情上，即便很困難也一樣。事實上，一件事越困難，完成它時的感覺就越好。

這個過程可以拆解為三個簡單的指標：

- 改變受眾對某件事的感受。
- 改變他們看待某件事的方式。
- 讓他們想做某件事。

因為目標受眾已經擺脫那個錯誤信念，他們現在能看見事物的本來樣貌。「好自在」影片裡的年輕女性就是在此刻意識到，「像女孩一樣」這個詞不應該變成一種羞辱，因此決定要加以改正。影片傳達出一個重要訊息：傳統社會規範正在傷害你，你可以反擊，而我們會與你站在一起。還有那些疲憊的旅客就是在此刻發現，住在6號汽車旅館並不會讓他們看起像守財奴，而是精打細算，廣告的重要訊息為：我們知道節儉是美德，我們會協助你做到這一點。這樣的領悟重新界定他們的處境，使他們能賦予它截然不同的意義。就如同美國詩人艾略特精闢的見解：「一切探索的終點將帶我們回到起點，這時才算是第一次認識它。」

如此一來，你的故事讓受眾獲得自由，於是他們可以感受到你論點中的真誠，也就是「我的想法、產品或公司將這樣幫助你」。這就是他們接受你的行動召喚所能得到的關鍵好處。請注意，你最後提供的好處可能跟原本預想的很不一樣。比方說，一名候選人本以為自己提供給選民的關鍵好處是，竭力遏止氣候變遷，但他們真正感興趣的是，她基於這個目的而促成產業回歸本土發展。

從第一個字或第一個畫面開始，你的故事就會在背後建構出一個極為明確具體的論點。一旦你的故事虜獲我們的心，我們就會聽你的，因為就算察覺到故事對我們所產生的情感效果，要抗拒你的論點幾乎是不可能的事。這就是為什麼在現實生活中，我們可能在遇到極其痛苦的事時能忍住淚水，卻在看到感人的口香糖廣告時情不自禁地流淚。這是因為就像我很喜歡說的：「我們的大腦會與故事產生連線，當故事牢牢抓住我們時，基本上我們就被它打敗了。」現在讓我們來仔細瞧瞧。

案例研究・Extra口香糖

「莎拉和胡安的故事」講述的是兩個愛吃口香糖的年輕人之間的交往歷程。這部兩分鐘影片的開場發生在高中校園裡，莎拉遞給胡安一片Extra口香糖，開啟了兩人的情誼。我們看著他們在接下來的十年裡，感情日漸加深。在這段過程中，他們克服了種種阻礙，總是藉由一片口香糖和好如初。

莎拉不知道的是，胡安將每張口香糖包裝紙都保留下來，並且在背面畫上小插圖。最後，莎拉走進一家空無一人的畫廊，她看見所有的口香糖包裝紙都被裝進畫框，沿著牆面一字排開。每幅圖畫都以簡單的線條勾勒，記錄著我們在影片中所看到的點點滴滴，只有最後一幅圖是還沒有發生的場景——圖中胡安單膝跪地，並舉起求婚戒指。看到這裡的莎拉眼眶泛淚，她轉過身、驚訝地摀住嘴巴，因為胡安就在那裡，做著同樣的動作，同時用滿懷希望的眼神望著她。

說真的，當我寫下這段話時，我邊寫邊哭。這部影片於二〇一五年十月八日在網路發佈後的一星期內，就獲得超過七百萬次的YouTube觀看數，以及超過七千八百萬次的Facebook瀏覽數，分享次數更超過一百一十萬次。

所以這部影片的重點是什麼？從表面上看來，這只是莎拉和胡安之間的交往歷程——從他們透過那枚口香糖相識，到胡安藉由十年累積下來的口香糖包裝紙提出求婚的那一刻為止。背後真正的重點在於，一片普通的口香糖能鞏固一輩子的感情，這片口香糖是將他們凝聚在一起的黏著劑。這與受眾所抱持的錯誤信念「口香糖是隨處可見、吃完就丟的東西，和我沒有什麼關係」相抗衡。

這部影片喚起的是什麼樣的情緒？那是一種激動到爆哭的喜悅——即便我們自己也明白這有多愚蠢。它要傳遞的訊息很明確：是愛與口香糖讓我們永遠走在一起。這則廣告的行動召喚是購買他們品牌的口香糖，它與某種非常強而有力的情緒——喜悅巧妙地「黏」在一起，遠比我們經常發現口香糖黏在鞋底或學校課桌底下要好得多。

不像「好自在」的廣告完全沒有以任何形式提到自家產品，這部廣告的行動召喚貫穿了整部影片。Extra口香糖從頭到尾一直出現，從莎拉遞給胡安第一片口香糖的那一刻，觀眾就對這個行動召喚（「請買我們的口香糖」）心知肚明。但我們並沒有抗拒它，因為這個故事是如此深刻，使口香糖變成了文學術語中的「視覺隱喻」。所以每次看到它，我們不會覺得這是低俗的廣告推銷，而是永恆愛情的象徵——它讓胡安和莎拉克服萬難，並緊緊地凝聚在一起。

忠於你唯一的論點

在你開始尋找故事所要提出的論點之前，我想先稍作提醒：儘管受眾的錯誤信念不正確有很多原因，同時你也有許多高明的論點和想法可以提出，你的故事還是只能有一個論點。

舉例來說，「吃口香糖毫無意義且看起來有些沒教養」這樣的觀念，可以用透露以下任何一點的故事加以反駁：吃口香糖能抑制食慾、釋放壓力、提升記憶力、保護牙齒、幫助戒菸、消除口臭，以及有助於手術後的內臟復原[22]。我列了一長串吃口香糖的好處，而且可不是我編造的，全都已經獲得研究證實。

同樣地，我想你現在也可以想出很多很棒的論點，而且我敢保證，你大概也很難取捨，因為它們全都是真的，怎麼可能只選出一個來？或許可以把兩個、三個，甚至四個論點偷偷放進故事裡。四個論點應該會比只有一個更好吧？答案是不會。

道理是一樣的，你的受眾並非「所有人」，所以你的故事也無法對付他們可能會抗拒行動召喚的所有原因。這麼做只會把情況弄得更複雜，**讓受眾搞不清楚你的論點究竟是什麼，甚至進而懷疑你是否根本沒有自己的主張。**

在談到故事時，我們的大腦很自然就會預期，這當中有某個有用的重點，能幫助我們在這個世界生存。故事的任務就是要提出這樣的論點。我們預期每件事都指向某一個論點，最後支持它，就算不確定是什麼也一樣，我們會想辦法弄清楚。這樣也沒有關係，好奇是吸引我們的其中一個原因，故事將會如何發展？結局是什麼？這種期待使我們保持專注，但前提是所有事都前後一致。如果為了提出幾個互無關聯的論點，讓故事朝數個方向前進，我們很快就會迷路了。

這就像一位三心二意的朋友跑來興奮地跟你說：「你不會相信今天我們公司發生了什麼事。我老闆先是跳到桌上、跳了一段探戈，然後跑出門外，直接撞上快遞員。她掉了一堆箱子在地上，我正要幫她撿起來時，我室友打電話來說他今晚不會在家。這個讓我想起那隻貓跑走了，就像一九九七年，我們曾經在派對上聽到的那首歌一樣。嘿，你的表弟拉蒙那天晚上不是和我們在一起嗎？我一直很喜歡他。」你點點頭，露出尷尬但不失禮貌的微笑，心裡很想抓著他的肩膀問：「你為什麼要跟我說這些？你的重點到底是什麼？」

---

22 以腸胃與婦科手術為例，手術後因為消化系統尚未恢復，必須禁食一段時間才可進食。在這段期間，有些醫生會建議病人嚼食口香糖，透過不斷咬合、分泌唾液來刺激消化系統，使它慢慢適應，以縮短恢復正常飲食的時間。

請把你要提出的論點想成故事的指南針。當然，為了說明你正在建構的論點，有時還會有其他重點存在。比方說，當莎拉和胡安正要進行初次接吻時，她遞給他一片口香糖，但這是他們感情歷程的一部分，而不是使故事離題的輔助論點；如果莎拉告訴胡安，吃口香糖幫助她的叔叔從膽囊手術中康復，就是偏離了論點。

透過鎖定某個論點，你的故事將影響他們如何看待你的整套想法。要知道，一定會有人在聽到你的故事時，感到惱怒不安，但這並不是壞事。你已經知道誰不是你的目標受眾，那些人恐怕不會認同你所說的任何一個字。這意味著你做對了，就像《伊索寓言》中〈父子騎驢〉所說的：「想取悅所有人，你就取悅不了任何人。」

你的故事越犀利越好，這樣它越能勇敢捍衛你的受眾，不拐彎抹角、含糊其辭，或有所保留。因為這代表你對他們的堅定支持，而且你有勇氣秉持信念，也願意面對自己的無助。你承擔了某種風險，證明自己不僅是他們族群中的一分子，同時也對他們忠心耿耿。這將促使他們對你忠誠，藉此打造出最強而有力的社群影響力——口耳相傳。

尋找你的論點

你的論點可以突破受眾的錯誤信念，令他們睜開雙眼，看見你能帶來的好處。讓我們從那位試圖使青少年兒子不要邊開車邊傳簡訊的媽媽開始，故事要駁斥的錯誤信念是：「若我沒有立刻回覆訊息，肯定會引發某件不好的事，但不會是那幾乎不可能發生的車禍。」至少感覺上是如此。

所以，可能的論點會是什麼？雖然他覺得必須馬上回覆訊息，否則就會被排擠，但事實上這種事很可能不會發生。然而不能怪他有這樣的感覺，因為我們自己有時候也會猶豫，如果沒有迅速回應朋友或主管，會不會就錯失了一次難得的機會？這種事當然可能會發生，問題在於，有什麼事能夠使人忍住，不要拿起手機來看？

這就是我們的故事所要透露的：有什麼比立刻回覆訊息更重要的事？答案顯而易見：活下來，並且不要在過程中害任何人受傷喪命。等你把車子完全停下來後再看手機，出事的機率幾乎等於零。這就是你的論點，但不能直接說出來，必須讓目標受眾「感受」到這一點。

情感論點：這就是意義所在

目標是使受眾產生「感受」，這會賦予故事力量，但儘管我們已經談了這麼多，對於要引起什麼樣的情緒還是只有很粗淺的概念。

我們通常會忍不住選擇那些最容易達成的目標，像是感受到愛、快樂、恐懼。你希望他們嚇得半死，這樣就會停止吃那些該死的漢堡，好拯救我們的地球。然而，除非這個情緒被引導向對某種改變的渴望，否則它很快就會消失，或者更糟的是，它將使目標受眾倒向錯誤的方向。舉例來說，用正迅速逼近的氣候變遷災難來嚇唬人，我們比起覺得自己有能力做些什麼，更可能會感到無助、非常不安，所以一回家就跑去洗很久的熱水澡，然後從附近的餐廳叫來裝在塑膠容器裡的美食撫慰心靈。

麻煩的地方在於，這些「庫藏情緒」感覺是如此簡單且有力，但其實不然。它們是「簡單」的冒牌貨——過度簡化。簡單與過度簡化之間的差異是什麼？簡單指的是在精練的總結底下，有更深層的東西做支撐。「做就對了」很簡單，「#是女生又怎樣」很簡單，「我們會留一盞燈給你」也很簡單。因為這些廣告標語都利用目標受眾複雜的內在論述，來說出具有說服力的故事。

過度簡化則沒有更深層的意義，它很膚淺，沒有值得深入探究之處。美國時代華納的廣告標語：「享受更好」（Enjoy Better）就是過度簡化。享受更好的「什麼」？比什麼更好？再來，請定義什麼是「更好」。漢堡王的「隨你便」（Be Your Way）也是過度簡化，諷刺的是，他們捨棄了原本更具說服力的標語「我選我味」（Have it Your Way），漢堡王的全球品牌管理資深副總馬查多當時說：「我們希望從只偏重實用層面變得更具情感吸引力。」可惜，它吸引到的情緒是困惑。最後，我最喜歡舉的糟糕案例是美國豬肉協會的「豬肉，受到啟發」（Pork, Be Inspired）……我唯一獲得的啟發就是這句話荒謬到了極點。

這三個廣告標語都好像在聽那位三心二意的朋友說話，讓人很想搖搖他們的肩膀說：「你的重點是什麼？」所以，當你搞清楚自己想喚起的是受眾的哪種情緒之後，所創造出來的故事就得將這種情緒與論點緊密地融合在一起。**你的目標不只是要使他們感受到情緒而已，還要確保他們想起你的論點時，自然會產生某種特定情緒。**當這個論點對目標受眾具有某種意義時，就會成為他們故事的一部分。

事實上，你若能掌握受眾告訴自己的是什麼樣的故事時，你的故事就算只是幾個字也不是問題。你可以仰賴他們的內在論述來填補空白，因為你曉得他們會賦予這兩個字什麼意義、產生什麼樣的情緒。這就是二〇〇九年，前阿拉斯加州長裴琳的想法，當時她宣稱若《平價醫療法案》[23]實施，重病者是否得救將由政府組織的「死亡小組」（death panel）來判定。

她很了解支持者所抱持的核心信念是「聯邦政府圖謀不軌」，而「死亡小組」會讓他們腦海裡浮現出那些無情官員的形象——這些官員認為他們親愛的阿公阿嬤、病危的孩子缺乏生產力，不能享有昂貴的醫療照護，所以乾脆讓他們病死算了。這樣的形象十分鮮明，它違反了每個人所重視的價值，像是家庭、忠誠和保護弱勢族群。因此，就算「死亡小組」被事實查核網站PolitiFact評為「年度謊言」也無所謂。這個故事牢牢抓住了這群人，不需要任何解釋。

現在，問題變成：「什麼情緒、感受能突破受眾的抗拒心理？」就像前印第安那州南本德市市長布塔朱吉談及他決定在市長選舉那一年，向保守選民「出櫃」、公開自己的同志身分時說：「我在這段過程中學到的是，信任是可以得到回報的。明白什麼事比贏得大選更有價值，是獲得應有勝利的方法。」對你的受眾而言，比他們的錯誤信念更重要的是什麼事情？還有什麼比他們現在正在做的事更有價值？

布塔朱吉有勇氣面對內心的脆弱，並揭露真實的自己，如此一來，他觸及了

「愛」這種普世價值。他說他之所以出櫃，是因為不想過著「不知道相愛是什麼感覺」的人生。他所吸引到的不只是一種普遍的「庫藏情緒」。他談論到失去「相愛」的體驗，進而要我們想像，如果少了另一半（無論那是真實或想像中的），我們的人生會是什麼模樣。他說，對他而言，這樣的愛比權力更有價值。我們不都希望這是真的嗎？我們不都希望擁有這種信念的人掌握權力嗎？最後，他贏得了百分之八十的選票。

案例研究・傳簡訊的青少年

針對那些邊開車邊傳簡訊的青少年，我們的問題是：「對他們來說，有什麼事比藉由邊開車邊傳簡訊所獲得的參與感，更具情感價值？」這就是十七歲少年諾亞・德維科問自己的問題。他決定拍一部短片說服同儕不要進行危險駕駛，並投稿參加美國無線產業協會基金會的第五屆「聰明開車：不分心，沒有藉口」青少年數

23 Affordable Care Act：又稱作「歐巴馬醫改」（Obamacare），被譽為繼一九六五年聯邦醫療保險法案後，美國醫療系統最重要的改革。

位短片競賽。

諾亞知道必須利用觀眾的情緒，否則沒有人會關注他的影片，更不用說接受行動召喚。所以，他的第一個問題是「什麼會觸動我們的情緒」？請特別注意，他想的不是「為了提出我的論點，我該利用什麼樣的情緒」，而只是「我可以用什麼來激起他們的情緒」。思考的時候他碰巧從後門望出去，看到他們家的四隻狗正在院子裡玩耍，於是心想：「狗能喚起情緒。」大家一向都喜歡影劇裡出現的狗狗角色，如果牠們不幸領了便當，觀眾也會跟著傷心難過。狗很重要，我們非常在意牠們。

這也是我自己在遛狗時思考的事。我所居住的地區車流量非常大，尖峰時間駕駛們不斷尋找捷徑，並迅速把車開到住宅區的街道上。我們社區的某條街變成這些駕駛最愛的捷徑，他們完全無視社區裡到處放置的禁止標誌。為了反擊，住戶紛紛在自家門前的草坪上擺出告示牌：「開慢一點！我的貓住在這裡。」「開慢一點！我的狗住在這裡。」

我心想：「這些屋主為什麼不能直接衝出屋外，然後說『開慢一點！我住在這裡』？他們是害怕大聲要求自己應有的權利嗎？為什麼拿毛小孩當擋箭牌？」跟諾亞聊過之後，答案就變得顯而易見，因為即便是再無視行車規矩的駕駛，也可能會想保護這些無辜的小動物。

此外，狗也讓我們感到安全，這不僅限於面對外在的「攻擊」，從內在來看牠們也提供舉足輕重的協助。我們很少遇到遭受襲擊，需要狗狗出來與歹徒纏鬥的情況，然而，牠們每天都從我們手中拯救我們自己。牠們不像我們內心的聲音那麼嚴厲，絕對不會羞辱我們看起來很胖，或是嘲笑我們瘋狂追劇浪費時間。當我們感到難過時，牠們絕對不會站在別人那一邊，或是突然想起自己接下來有約——這些都是其他人類會有的反應。牠們愛的是我們此時此刻的真實樣貌，而我們也愛牠們。狗在情感上照顧我們，我們則在物質上照顧牠們。

於是，諾亞發現了他想在影片中觸動的情緒，那就是「無條件的愛」。透過狗，可以在故事裡將這種愛具體呈現出來。他的第一個想法是讓一名傳簡訊的青少年撞死一隻狗，這會很戲劇化、引人注意，同時叫人難受。這麼做也許會成功。大多數的宣導影片中都會有某個人悲慘的死去，可能是小孩、路人或是傳簡訊的當事人。這應該會有點效果，因為每年都有超過三十三萬起事故是開車分心所引起的，其中有超過三千人更因此失去生命（平均每天有十一位青少年喪生）。

但如果故事只要可怕就夠了，我們就不用想這麼多了。《你的大腦決定你是誰》一書裡說過：「我們的大腦生來就期待報償，這種報償不僅會讓人們主動靠近，更有可能促使他們採取行動。但另一方面，對失去的恐懼則更有可能令他們無動於衷。」

大部分反對邊開車邊傳簡訊的故事都著重對失去的恐懼，當中看不到任何報償。而且，這些故事並沒有要我們幫助有困難的人，而是要我們不讓自己陷入麻煩。所以諾亞認為，或許還有其他方法可以清楚說明他的論點，他也很清楚青少年有多不喜歡別人告訴他們該怎麼做，而可怕的故事往往就帶有指責意味。

他希望講述的故事是青少年因為想傳簡訊而感到掙扎，然而最後做出正確的選擇。這是一個聰明的選擇。近年來的研究顯示，我們生來就渴望選擇，這些選擇是幸福感的來源。二〇一〇年一篇刊載於期刊《認知科學趨勢》（Trends in Cognitive Sciences）的研究發現，要進行選擇時，「我們的大腦裡會啟動和報償與動機導引有關的神經網路」。因此，**若你想驅使某個人採取某種行動時，請一定要讓他自己做出選擇**，這令他感覺自己能掌控一切。

在諾亞的影片裡，我們看到一名青少女和愛犬在海灘上玩耍，可以明顯感覺到他們之間關係緊密。等到天色已晚，少女便準備載著狗狗開車回家，她讓狗坐在副駕駛座上。當她發動車子時，做了一件很多人都會做的事——她拿起手機，並看到有人傳訊息給她。她邊開上高速公路邊回覆訊息，當簡訊鈴聲響起時，她咯咯地笑著；閱讀這些訊息時，她咯咯地笑著；打字回覆時，她還是咯咯地笑著，顯然她的注意力都在手機上。她的狗狗注意力則都在她身上，牠目不轉睛地看著她，她卻頭也不抬。牠等待著，但她還是繼續傳她的簡訊，對眼前這顯而易見的愛渾然不覺。接著，牠輕輕哼了一聲，沒有大聲吠叫，而這破除了魔咒。她在一個停車標誌前停下來，然後抬起頭來，和牠四目相接。

察覺到自己過於自負，她搖了搖頭，將手機放進座位前方的雜物箱內，然後重新回到車陣中。這一幕很簡單，但又不是過度簡化。

這隻狗並沒有突然開始說話；牠只是讓她專心開車，同時透過牠充滿信任的眼神，發現她正在使自己、她的狗，以及路上的其他人承受失去生命的風險。有了這樣的領悟，她開始用不同的方式看待世界，進而讓諾亞的論點浮現出來。即便她跟朋友們互傳簡訊很開心，或是專心開車會讓她錯過至少十五分鐘的聊天，但最重要的事不是回覆訊息，而是確保她和愛犬安全到家。

毫無疑問地，這是一種犧牲，她付出了某種代價。在試圖影響那些和我們用不同方式看待世界的人時，很容易會忽略他們現有行為對他們有多重要。對青少年而言，朋友圈是他們的全世界，在這十五分鐘內就可能會出現各式各樣的變化，而她卻完全缺席了。

這就是為什麼諾亞決定要讓她在傳訊息時咯咯笑，因為他明白，承認這件事很有趣是很重要的。他並沒有批評她；他想呈現的是，傳簡訊使我們覺得與他人產生連結，同時被視為群體的一分子，這是一種正面感受。傳訊息這件事本身並沒有錯，但是邊開車邊傳簡訊就不是了。而放棄某件我們熱衷的事，藉此幫助某個我們深愛的人，會令我們立刻產生某種更美好的感受：「我是個正直負責，且具有價值的人。」《你的大腦決定你是誰》也說過：「要促使人們採取行動時，獲得立即的報償通常比未來將受到懲罰更有效。」因此，諾亞建構了一個面面俱到的故事，讓我們來拆解一下：

行動召喚：不要邊開車邊傳簡訊。

誤信：最重要的事是參與朋友們的對話，免得被排擠。進一步探究：受到他人喜愛使你覺得自己是個有價值的人，同時也最接近自己真實的樣貌。

真相：邊開車邊傳簡訊的短暫快樂不值得你冒險，因為一旦你失去生命，之後就會永遠被排除在外。進一步探究：被排擠與邊開車邊傳簡訊造成的後果不能相提並論，這就是她的狗所透露出的訊息。

故事重點：照顧好你的家人比快樂地跟朋友傳訊息更重要。進一步探究：為了確保你的家人安全無虞而犧牲自己想做的事，那種感覺真的很棒。

關鍵好處：這麼做的好處不在於你將安全到家，而在於抵達家門口時，你會感到自信十足。進一步探究：自律與秉持信念的勇氣能讓你一直感覺愉快。

驅使人們採取行動的情緒：女主角對這隻狗的愛，以及牠信任她會照顧好他們兩個，不會任由傳簡訊置大家於危險之中。進一步探究：這個故事使受眾緊張的地方在於，女主角在「她想做的事」與「她知道自己該做的事」之間掙扎。主角內心的掙扎正是故事最強而有力的衝突。

發現：如果她繼續傳簡訊，很可能會害死心愛的狗狗。進一步探究：立即、具體、與個人切身相關的結果遠比假想中的悲劇更具有驅動力。若只是看見某個可怕的可能性，我們往往會像抽菸的人辯解說：「我當然知道抽菸會殺死我，但不會是我手上這一枝啦。」

轉變：這名女孩自己做出了選擇；她不僅放下手機，還把它放進搆不著的雜物箱裡。進一步探究：這需要勇氣，而勇氣能給人力量。驅使她在當下做出正確的選擇，而不是直接告訴她，若不這麼做會發生什麼事。如此一來，這個故事不只具有警示意義，還變得更強而有力（這是一個關於勝利的故事）。這不就是我們所有人想要的嗎？獲得勝利，尤其是成為我們愛犬心目中的英雄。

廣告標語：你要讓誰承受失去生命的風險？一切由你掌控。不要邊開車邊傳簡訊。

「一切由你掌控」這幾個字使諾亞的影片做到許多類似故事做不到的事。它不僅讓受眾感受到為什麼他們應該改變，也給予他們改變（採取行動）的力量。至於那位試圖說服兒子要專心開車的媽媽又是如何？除了建議他看諾亞拍的影片，她還能怎麼做？她要如何使他相信，他弄錯了事情的優先順序？

這很簡單，也很困難。她可以承認自己也犯過同樣的錯誤（抱持相同的錯誤信念）。比方說，她可以告訴他，自己曾經在開車時回覆老闆的訊息，因為覺得這樣能顯示出她有多勤奮。她已經開了很多年的車，很肯定這樣很安全，結果車子突然偏離方向，差點撞上一台校車。當她的脈搏恢復正常、可以再次順暢呼吸之後，這件差一點就發生的意外重重打擊到她，尤其是想到她很可能會帶給兒子和許多家庭巨大的傷痛。接下來，她可以進一步承認，即便如此，還是很難不傳簡訊。所以現在她在開車時，都會將手機調成靜音模式，並把它放進雜物箱裡。

這類故事的優點在於，因為我們都知道要面對自己的無助有多困難，她馬上就能建立威信。請特別注意，她對回覆老闆的訊息是否造成任何改變隻字未提，因為那一點也不重要。重點在於，沒有什麼事比邊開車邊傳簡訊的風險更嚴重。此外，她的故事並沒有羞辱她的目標受眾，就像諾亞的公益宣導影片所訴說的故事一樣。他們都讓受眾自行體驗到邊開車邊傳簡訊可能要付出的代價，以及選擇另一種做法會帶來什麼樣的力量。

這就是你即將要採取的行動，而這一切將從創造你自己的故事開始。

該做什麼事

根據你所發現關於目標受眾的一切，請試著回答以下問題：

- **你的故事必須以什麼論點來顛覆受眾的錯誤信念？**

不要害怕從簡單處著手，就算聽起來很老套也一樣。以諾亞的宣導影片為例，他想傳達的訊息就只是：「這件事也許會害你失去生命。」直到他開始建構自己的故事，最適合這個論點的情境才逐漸浮現出來，女主角以及讓她發現自身錯誤信念的那隻狗，都在他發展故事的過程中出現。現在，你要尋找的就是你的故事所要提出的首要論點。

什麼樣的情緒能為受眾充分說明你的論點？

你必須確定觸動的不只是某種「庫藏情緒」，特別是那種會令受眾感到抗拒，而不是賦予他們力量的情緒。試圖用氣候變遷，或開車分心可能致死來嚇唬受眾，只會讓他們急著跟你解釋你錯了。再者，沒有人喜歡別人告訴他們該怎麼做。你的重點在於多加考慮目標受眾、他們所隸屬的族群，以及他們重視的事，你可以喚起什麼情緒，並且讓他們知道你聽見他們的心聲，與他們站在一起。

Crafting Your Story

創造你的故事

3

第9章・核心衝突

「衝突是意識的開始。」
——榮格心理分析師瑪麗・哈丁（M. Esther Harding）

我們總是被要求要全神貫注，但多數時候並沒有做到（尤其是要進行某個選擇時）。那些吸引注意力的事物不請自來，它們之所以引起我們的興趣，是因為它們對我們很重要。

「全神貫注」是很貼切的形容，因為從生理學的觀點來看，想要我們付出某種代價，就得讓我們從中獲得其他好處。「深受吸引」則恰好相反，因為這滿足了我們與生俱來的渴望，提供我們可以運用的資訊，特別是那種能解決迫切且無法避免衝突的重要資料。這正是為什麼，故事會圍繞著無可避免的衝突打轉。事實上，故事的演化目的就是解決衝突，無論那是我們目前正面臨的衝突，還是害怕在未來引起的衝突。因此若少了核心衝突，你當然就無法說出一個故事，或擁有一群目標受眾。

然後，你知道嗎？你已經找出故事的核心衝突，那就是目標受眾的錯誤信念與真相之間的戰鬥，而這個真相將使他們得以解決你為他們所準備的問題。任何故事（不管是一則三十秒的廣告、一部公益宣導影片，還是一篇小說）裡的精彩衝突都不在於反派角色，或嚴重的外在問題，而在於主角為了解決這個問題所經歷的內在掙扎。這並不是說外在問題不重要，但就算故事是由外在衝突所帶動，吸引我們受眾的都是內在衝突。

因此在本章中，我們將先根據某些引起興趣的故事元素，來定義我們會預期在每個故事裡聽到些什麼。接著會深入探討你的故事，利用目標受眾所抱持的錯誤信念來創造出具體的外在問題，藉此引發主角內心的掙扎。

諷刺的是，我們之所以不能創造出具有說服力的故事，其中一個原因在於，現實生活中的衝突（特別是內在衝突）令我們感到不自在。因為內在衝突代表我們無法立刻知道該怎麼做，而承認自己很困惑、沒有把握是很可怕的一件事，當今社會普遍將「困惑」視作軟弱。呼應影集《廣告狂人》裡米勒博士對創意總監所說的話，我們總是在自己的真實感受，以及社會期待我們該擁有的感受之間掙扎。所以，我們往往會無意識地在自己創造的故事中，避免真正的衝突。為了說服他人，我們覺得自己必須表現出堅強、篤定且充滿自信的樣子，殊不知啟發他人的唯一方法是接納自己的無助，這會使你的受眾感到在意。它輕聲細語地說：「這不是我通常會承認的事，想知道我的祕密嗎？」而答案是肯定的。

雖然大家不願意承認，但我們所有人每天都會經歷「我現在到底該怎麼做」的內在衝突，而看見其他人也經歷同樣的內在衝突，正是我們被故事吸引的原因。多數人沒有意識到的是，當故事吸引我們的注意時，我們都會加以吸收、學習這種衝突與其解決方案。

前面說過，人類之所以渴望在故事裡看到衝突，正是因為這樣得以實際模擬自己尚未面臨過的可怕狀況，為未來做好準備。因此自然會預期故事圍繞著衝突打轉，從故事開始的那一刻起，我們就在尋找它的蹤跡，無論開頭看起來有多麼正常、平靜。這甚至還可能讓人變得更緊張，因為大家曉得某件意外即將發生，被這樣的懸念吊胃口真是叫人心急難耐。

一個常見的例子就是電影開場時，一位老警察侃侃而談明天就要退休，下半輩子要盡情享受帶孫子們到處去玩的優閒生活。他又說，雖然今天是最後一天上班，但是為了讓搭檔晚上可以好好跟她的丈夫約會，他自願留下來幫忙代班。看到這裡你不會單純地想著：「他真是個好人，他的孫子們一定非常可愛。」你反而心臟一直怦怦跳，因為有預感很快就會發生大事，然後這位善良的老警察會不幸殉職，你想對著螢幕大叫：「老兄，你不知道你快死了嗎？是沒有看過警匪片嗎？」就算你本身沒看過太多警匪片，光憑直覺也能理解故事的機制，你預期某個無可避免，甚至是致命的外在衝突即將發生。

但如果接下來，劇情安排老警察做了一點文書工作，然後打電話給孫子們討論要去哪裡玩，以及「對了，你們有看過最新一集的《和明星一起釣魚》了嗎？」你搞不好會停止看這部電影。這並不是因為你很嗜血、希望看到他死於槍林彈雨，而是如果想聽這些生活瑣事的對話，根本不用來看這部片。

每個故事的中心都存在著一個核心衝突，我們從一開始就能感受到它的存在。我們就是這樣明白「這是一個故事」的，同時也憑直覺知道這樣的衝突有兩個層次：

1. 外層：外在事件，也就是主角必須對付的那個無可避免的問題（劇情）。
2. 內層：為了解決這個外在問題，引發主角內心的掙扎——錯誤信念與真相的對抗（這是故事的真正重點）。

這兩者結合在一起，吸引了我們。

現在的問題是：什麼樣的外在衝突會讓受眾的錯誤信念與真相相互對立？

你的目標則是：確定將引發內在衝突的外在問題（這個內在衝突使你的故事變得生動）。

故事的基本範本

在切入正題之前，我想先說幾句話。我的職業生涯都獻給了故事，這讓我發現了一件事——故事就是故事，不管形式為何。一篇兩個字的故事、一個單一圖像、一部六十秒的影片，以及一則上千頁的傳奇故事都適用同樣的原則。為了說出具有說服力的故事，每種故事形式都遵循相同的基礎範本。我青少年時期可能是受到《魔戒》小說的影響，非常喜歡那種伊莉莎白時代的華麗古裝，但是根本沒有哪間店在賣。我實在很想穿上這樣的衣服，於是決定乾脆自己做。我花了好幾個星期窩在布店裡，研究各種衣服版型，卻找不到接近想要的款式。後來，在翻閱一本最簡單樸素的型錄時，我突然明白其實可以從最基本的版型下手，後續再根據個人需求慢慢修改。

故事也是如此。有鑑於故事的生理目的，所有的故事都建立在相同的基本架構上。說得更清楚一點，這裡指的並不是劇情結構、英雄之旅或三幕劇之類的東西，而是我自己發展出的一套故事基本範本。你可以用這套範本來創造自己的故事，而且無論這個故事有多長，或是採用哪種形式，它永遠都適用。

首先，讓我們從生物學的觀點來分解故事的必備要素。以下列出三種關係密切的故事元素，它們會促使大腦分泌三種神經傳導物質（第一章已經談過這個部分，忘記的話可以回頭複習），帶領我們進入故事的世界。

1. 故事元素：驚奇

主角預期一件事會發生，結果卻發生了另一件事。他熟悉的模式被打破了，「我現在該怎麼做？」

生理反應：分泌多巴胺

好奇心讓這種神經傳導物質大幅增加，使我們想弄清楚接下來會發生什麼事。

2. 故事元素：衝突

主角不得不做出艱難的選擇，其後果將接踵而至（或許是不好的結果）。

生理反應：分泌皮質醇

這種壓力荷爾蒙急速增加；隨著懸念不斷攀升，我們也跟著緊張起來，因為……

3. 故事元素：無助

我們與主角產生共鳴，希望他們能不被擊倒，並且獲得成功。

生理反應：分泌催產素

這種神經傳導物質激發出我們的同理心，讓我們感到在意。我們與主角站在一起，支持他們取得成功。

這是一種情緒連鎖反應，每種元素之間都會彼此交互作用。綜合起來看，它們是一種強烈的混合情緒，令人極度陶醉：我們與主角產生共鳴，和他一起感同身受。美國神經科學家保羅．札克在一項研究中，評估具有說服力的故事如何影響大眾是否決定贊助某個事業，而這就是他的發現：「那些吸引我們注意，並讓人投入情感的故事會促使我們採取行動。這樣的結果顯示為什麼在故事結束之後，它們還會持續影響我們的行為，因為我們都把自己放進了故事裡。

你可能會想：「我了解你所說的衝突，但想說服別人，故事不是應該要振奮人心嗎？」畢竟，在現實生活中，我們往往會避免接收壞消息和讓人感到不自在的資訊。就如同沙羅特所指出的：「人們比較喜歡聽到令他們愉快的資訊，因此會試圖尋找好消息、掩蓋壞消息……當懷疑壞消息即將到來時，他們也許會避免收到相關訊息，即使這麼做可能會對他們造成傷害也一樣。」

此時，故事再次拯救了我們。因為一旦故事吸引我們，它就能用不同的方式呈現可怕的消息與令人不舒服的事實，藉此賦予我們力量。當要促使我們採取行動時，無論故事是溫馨感人，還是叫人心痛都無所謂。札克說，當他們「用談論敏感議題的故事，來測試受眾對自己厭惡的主題有什麼反應時，這項研究證實，讓人保持專注、產生情感共鳴的故事會使當事人在聽完故事後，願意提供贊助，就連談論他們討厭的主題的故事也是如此。對大腦而言，好故事就是好故事……不管講述的是快樂或悲傷的主題，只要能讓我們對故事裡的主角感到在意即可」。

我應該要在意誰？

從理論上來說，故事的力量很強大，但是要如何創造出可以運用這種力量的故事？讓我們針對已經知道的事進行拆解：

- 這裡有個人（也就是主角，那個將要經歷衝突的人）。
- 面臨一個無可避免的問題（外在衝突）。
- 這引發他內心的掙扎（錯誤信念與真相的對抗，也就是所謂的核心衝突）。
- 導致「頓悟時刻」來臨（也就是主角的領悟、故事所要提出的論點，它將喚起你希望受眾感受到的那種情緒）。
- 這使主角得以解決問題並採取行動（轉變）。

關鍵在於，故事主角是我們的化身，而他擁有解決問題的能力。國際級故事教練安迪・古德曼（Andy Goodman）認為：「大規模的系統化改變或許是你的終極目標……但如果我們不能透過某個人的眼睛，從根本層面看見並感受這樣的改變，我們就無法認同。」

雖然故事主角幾乎都是目標受眾的替身，就像媽媽汪妲與那位傳簡訊的少女一樣，有時主角會使受眾覺得自己是英雄，成了「真正的」主角。舉例來說，非營利組織「WaterisLife」[24]希望能喚起大眾對肯亞孩童「沒有乾淨的水可喝」的注意，並同時募款，於是講述了一名四歲肯亞男孩恩凱托的故事。這部兩分鐘的影片只提供了一個事實：由於沒有安全的飲用水，恩凱托有百分之二十的機率會在五歲生日前死去，所以他們決定幫助他完成生平的夢想，以防萬一。

想想這個畫面：一個四歲男孩列出了他的遺願清單。我們看到這名單純的小男孩做著那些理所當然的事；當他搭船、搭飛機、踢足球、洗泡泡浴，以及被某位女孩親吻臉頰時，他的喜悅全寫在臉上。想到這是他第一次，可能也是最後一次做這些事，令人不住感到鼻酸。當我們看到他第一次見到大海時，眼睛瞬間亮起來的模樣，應該很難有人能忍住淚水。

恩凱托是這個故事的主角，但他不能解決他所面臨的問題，而我們可以。我們是故事裡的隱藏主角，具備所有真正主角的特質，那就是擁有解決問題的能力。

---

24 該組織成立於二〇〇七年，主要致力於為發展中國家提供清潔的飲用水、衛生設施和衛生教育計畫。

因此，抱持錯誤信念的人是我們，而不是恩凱托。

誤信：地球上的飲用水安全且充足，所以一個四歲孩子當然會活得很久，並且過著精彩的生活。

真相：並非所有飲用水都是安全的，許多四歲孩子都無法活到五歲。

發現：我們能協助為肯亞帶來乾淨的飲用水，或許也可以拯救恩凱托的生命。（值得一提的是，研究證實，若WaterIsLife只告訴我們「少了乾淨的飲用水，有數千位孩童將無法活到五歲」，其影響將遠不及聚焦於一名小男孩的故事。）

轉變：我們將會捐款。

那誰會是你故事中的主角？你已經試著想像一個能代表你目標受眾的人。現在，是讓他面對某個實際問題的時候了。

故事時間到了

接下來，讓我們按部就班地發展出一個故事，看看它是怎麼完成的。我們不妨就從第六章提到的新款公路腳踏車開始。根據前置的調查，我們的腳踏車在很多方面都對目標受眾有好處，比方說，它不像他們所擁有的高耗油汽車會排放二氧化碳，因此很環保。然而，就算他們很注意環保議題，我們也知道「得到立即的報償」遠比承諾「能在未來獲得好處」更具有驅動力。這樣說起來，「騎腳踏車能讓身體健康」這樣的事實，也不適合放進故事裡。

我們在尋找的是受眾「現在」就能得到的好處。有可能是騎腳踏車這件事本身嗎？《紐約時報》的健康與科學記者珍・布洛迪舉出她持續運動鍛鍊的原因：「這些活動讓我覺得壓力變小、更精力充沛、更具有生產力、更投入，同時也更快樂——能停下來享受生活，並應付那些無可避免的挫折。」她會做這件事不是因為可以協助她達成某個長期目標，而只是因為它「當下」令她感到愉快。誰不希望如此呢？但如果有這麼簡單的話，所有人現在都在排隊買腳踏車了。所以，使目標受眾無法這麼做的錯誤信念是什麼？有可能像是這樣：

誤信：雖然目標受眾相信，騎腳踏車對他們的健康、生活開支和環境都有好處，但由於自己平常極為忙碌，擔心以腳踏車作為主要交通工具會讓人更累，因此覺得這個選項不切實際。

真相：騎腳踏車給予你活力，而不是耗盡你的精力。更深一層涵義的是，精力充沛會使你更生氣勃勃、更有活著的感覺，自然也更能應付各種人生挑戰。

很好，但這樣還是非常抽象。想說服受眾，就必須透過能讓他們體驗這個真相的故事來強化它。所以我們又回到剛才那個問題：「故事裡的主角會是誰？」既然目標受眾是有錢購買高檔腳踏車的城市通勤族，而我們的目標是說服他們騎腳踏車上班，可能的候選人名單也許會是：

- 每天回到家都很疲倦的爸爸，他沒有精力應付孩子的事。
- 被醫生告誡不要亂吃保健食品的公司主管，她真正需要的是多運動。
- 今天預定要在公司進行一場重要簡報的忙碌女性。

請特別注意，在挑選主角時，我們著重的是他們所面臨的困難，像是沒有精力應付孩子、處理工作，或者重要的簡報最後可能會以失敗收場。每個人的處境都是可以理解的，受眾將認同這些人，因為他們也知道工作有多累人，以及會對生活其他層面造成什麼影響。

所以要怎麼選出「最正確」的主角？你可能覺得有點可怕，好像只有一個正確答案，其他選擇都是錯的。好消息是，並沒有所謂的正確答案存在。這些選項都有可能成功，而且在進行五分鐘的腦力激盪後，你或許又能想出許多選項。我的建議是，請針對你自己的故事，選擇一位覺得合適的主角，然後用他跟著接下來的步驟實際測試一遍。如果接下來的步驟你發現這個主角行不通，那麼還有其他很棒的人選。如果你無法做出決定，請把每個人選分別寫在一張小紙片，然後放進盒子裡抽一個出來。很多時候，重要的並不是你選擇了什麼，而是要想辦法先繼續前進。就算這個選擇是錯的，你也會在過程中學到寶貴的經驗，幫助你下次做出更好的決定。

前面三者中，我選擇的是那位即將進行重要簡報的女性，就叫她海柔吧。

主角想要的是什麼？

所有故事裡的主角都想要某樣東西。故事的核心衝突就在於，為了獲得這樣東西，他們將在情感上付出什麼代價。取得自己渴望的東西將是驅使主角行動的目標。你的目標則是創造出某個外在問題，迫使主角重新衡量自己的錯誤信念，以便滿足內心的渴望。

我們要努力根除的錯誤信念是：騎腳踏車通勤會讓他們太累，因此不切實際。這個故事的目標則是要說服目標受眾的替身海柔，讓她知道這是不正確的。那麼在這個故事裡，海柔想要的東西可能是什麼？

1. 一台外型優美簡約的新款腳踏車，騎它通勤一點都不累。
2. 一份離家近一點的新工作，這樣騎腳踏車上班就不會那麼令人卻步。
3. 更具彈性的工作時間，這樣她就能很快地喝杯咖啡，補足精力，讓她得以騎腳踏車上班，而不是永遠只停留在想想的階段。

你或許會心想：「這很簡單，應該是第一個。」其實不然，答案是以上皆非。就算已經進行了所有必要的研究，你可能還是會驚訝地發現，主角想要的東西不見得與你的訴求、想法或產品有任何關聯。我們很容易落入這樣的盲點，誤以為上班族海柔也對腳踏車有興趣，但她其實根本不在意。我們一心想著要消除她的錯誤信念，但對她而言，這不是一個錯誤信念，而是她已經接受的真理；她根本不曾（或者說尚未）思考、質疑過。

所以，海柔究竟想要些什麼？我們只知道她今天要進行一場重要簡報，但這件事與騎腳踏車上班沒有什麼關聯，甚至她為了在簡報時保持最佳狀態，很可能覺得騎腳踏車是自己現在最不需要做的事。因此，我們不僅必須讓她對騎腳踏車通勤產生興趣，還得在某種程度上，幫助她獲得想要的東西。

但在此之前，讓我們先稍微繞點路，看看一旦明白目標眾想要些什麼時，要如何將故事範本簡化，並迅速俐落地出擊。二〇一三年，速霸陸汽車就做到了這一點，而且只用了短短兩個字。

案例研究・速霸陸汽車

長久以來，速霸陸一直是以安全，而非外型時髦著稱的汽車品牌。他們擁有許多忠實顧客，這些顧客宣稱，他們都因為開速霸陸的車而能活下來。在二〇一三年的一則廣告裡，速霸陸希望告訴那些還沒有意識到這一點的目標受眾，無論對汽車還是人來說，只著重美麗的外表都是很膚淺的。真正重要的是，當你的處境變得艱難時，誰會堅定支持你。

速霸陸認為，目標受眾想要的是我們所有人都希望的事，那就是知道自己得以從嚴重車禍中生還。尤其這一點看似乎是很難達成的，想想現在有多少危險駕駛在路上亂開。

誤信：如果你發生嚴重車禍，你一定會失去生命。

這是觀眾心中的料想，而這個故事的目標是，藉由一舉粉碎他們的錯誤信念來打破這樣的預期。

這則三十秒廣告的內容是這樣：在一起嚴重事故發生後，攝影機近距離拍攝一輛汽車扭曲變形的殘骸，這通常是汽車廣告的禁忌。此時，我們目不轉睛地看著，心想：「這些人真可憐，沒有人能從這樣的車禍中生還！」

當螢幕上那位拖吊車司機盯著面目全非的汽車殘骸看時，顯然也有同樣的想法。我們看見了他眼裡的同情。一名站在附近的警察注意到這一切，對他說：「他們活下來了。」一聽到這句話，拖吊車司機不可置信地睜大眼睛。這樣的情感交流又重複了兩次：第一次是在拖吊車司機將汽車殘骸交給廢車回收場的工作人員時，第二次則是這名工作人員和他的同事盯著扭曲變形的殘骸看時。你幾乎可以預期有人會說：「這輛車勇敢地犧牲了自己的生命，讓他們得以存活！」我們甚至可以說，這輛車本身就是主角，因為它有能力拯救這個家庭，而且真的做到了。

最後，我們看到一個平凡的家庭走出屋外，笑著鑽進一台新的速霸陸裡。那位爸爸看著鏡頭說：「因為我們開速霸陸，所以我們活下來了。」

「他們活下來了」違反了所有人的期待，除了他以外。他知道，這就是他們購買速霸陸的原因。

真相：有了對的車，你就能存活下來。（這是這個故事的重點；它激起的情緒是驚奇、放心與信任。）

發現：若我買了速霸陸的車，萬一發生最糟糕的狀況，它將確保我和家人的安全。這一切由我選擇。

轉變：最近的速霸陸經銷商在哪裡？

好的，讓我們回到我們的主角海柔。她想要些什麼呢？也就是我們的目標受眾想要些什麼？他們希望能在工作上有出色的表現，但這很抽象、籠統，不會因此產生衝突，也沒有發展出故事的可能。

我們的目標是將海柔內心的渴望與某個她能自己掌控的事件連結在一起，讓它變得具體且得以付諸實行。海柔希望她的簡報能大獲成功，聽起來確實很明確，對吧？但是她為什麼希望這場簡報順利進行？我們甚至可以增加這件事的難度，去假設這是她希望能獲得升遷，與打敗勁敵卡斯伯。如此一來，我們的焦點就從她想要的東西，轉向要得到這樣東西的具體方法——今天這場簡報和未來可能獲得的升遷，都展現出她內心的渴望。

但話又說回來，這與購買我們的腳踏車有何關聯？從表面上看來，兩者一點關聯也沒有。然而這當中充滿了潛在衝突，這些衝突將會激起某種強烈的混合情緒。現在，我們只需要用某件事把海柔縝密的計畫弄得一團糟就好。

故事主角「爆炸」了

現在，你的故事引發的外在衝突必須讓主角採取行動。請把這樣的衝突想成某種阻礙，迫使主角重新評估她深信的真理，意即你所認定的那個錯誤信念。如果海柔希望今天早上所做的簡報可以保障自己獲得升遷，那麼她可能會面臨什麼樣的問題？

- 她進公司才發現，勁敵已經提早到公司、偷走她的筆記，並依此做完簡報。
- 她可能早上起床時喉嚨發炎。
- 一台Amazon的無人機意外地將包裹砸在她的頭上，使她失去記憶（就像電影裡演的那樣）。

如果目標只是要讓海柔無法進行簡報，以上這些想法都可以發揮作用，但對我們的故事都不管用。這些事的確會妨礙她獲得想要的東西，卻無法迫使她正視自己對騎腳踏車所抱持的錯誤信念。看起來到目前為止，騎腳踏車這件事與她的故事完全沒有任何關聯，因此我們得從頭來過。再仔細研究那些我們已經知道的事，看看能否找出可以派上用場的部分。

我們需要一個意外狀況，讓她正視錯誤信念，以便達成目標。這不僅將提供她外在協助（讓她能準時上班、精力充沛，並且隨時準備好大顯身手），同時也將提供她內在協助（使她覺得自己生氣勃勃、強而有力、勢不可擋）。

若我們仿效速霸陸的劇本，安排她的車子在今天拋錨了怎麼樣？這並不是因為嚴重車禍，而是過了一夜突然發生，當她鑽進駕駛座、轉動鑰匙時，車子一直無法發動。

- 你能感覺到大腦正在分泌多巴胺嗎（期待落空）？
- 你能感覺到大腦正在分泌皮質醇嗎？（糟了，她能準時上班嗎？）
- 你能感覺到大腦正在分泌催產素嗎？（她為了這場簡報如此努力準備。這不公平。）

這是海柔很快就會發現的問題，於是也變成目標受眾的問題。因為她正逐漸感受到它，他們也會有相同的感覺。最棒的是，我們的腳踏車可以解決這個問題。但在更進一步之前，我還是要再次提醒，請小心不要從自己的角度來思考受眾對問題的看法！想知道這麼做會發生什麼事情嗎？讓我舉個例子。

案例研究．健怡可樂

二〇一八年，可口可樂針對健怡可樂推出了一項新宣傳。由於他們的注意力都集中在自家產品，而不是目標受眾對這項產品的看法上，導致創造出來的故事透露出他們的恐懼——害怕近年來的研究會對未來銷售造成明顯的影響。各種研究都顯示，健怡可樂非常不健康，它可能會害人罹患癌症、心臟疾病與糖尿病，而且諷刺的是，還會讓飲用者變胖。

他們推出的廣告標語是：「我喝健怡可樂，因為我可以。」但問題來了，這聽起來像是在暗示有人試著阻止我們喝健怡可樂，如果讓他們得逞，我們就完蛋了。

事實當然並非如此，根本沒有人這麼做。因此這並沒有說服我們喝健怡可樂，反而越描越黑，讓人懷疑他們是否在隱藏大家不該喝這種可樂的原因。

這部三十秒的影片很簡單。一位纖瘦美麗的千禧世代年輕人從冰櫃裡抓了一瓶健怡可樂，大口暢飲了一番，然後說：「你看，健怡可樂就是這樣，它很好喝。它令我感到愉快。生命很短暫……」她聽起來防備心特別重，彷彿已經有人指出健怡可樂很不健康，她無法贊同，正在與對方爭論。

她接著說：「如果你想住在蒙古包裡，那就盡情地住吧！」等等，這是說那些想阻止我們喝健怡可樂的人也對蒙古包有意見嗎？然後，她又繼續列出她准許我們做的事：「若你想跑馬拉松，雖然那聽起來很難，你還是可以去做。」啊，真是謝謝你喔！

我原本滿心期待她會提到數學有多難，結果她說的卻是：「我的意思是，做你自己就好，不管那是什麼模樣。」由此可見，這則廣告不但認定我們不願意喝健怡可樂、跑馬拉松、住在蒙古包裡，還認為我們不肯做自己。因此，她允許我們放縱，並且「做自己」。

「然後，如果你想喝健怡可樂，那就喝吧。」這當中的暗示很明顯——我們藉由喝健怡可樂來與某種權力結構對抗（這種權力結構會否定我們的快樂）。讓我們一起攻佔小型超市吧！

這則廣告真是踩了一堆地雷。可口可樂太關注自己的商品，所以把受眾的形象搞得很滑稽，根本就是「酪梨吐司世代」[25]的刻板印象大集結。更糟的是，他們還在廣告中貶損目標受眾。

他們當然無意這麼做，或是用這種方式看待這則廣告。可口可樂北美整合行銷集團總監是這麼說的：「我們捨棄了浮誇的行銷手法，我們只是在告訴大家健怡可樂其實有多好。健怡可樂變得比過去更真實、更平易近人。我們簡化了關於我們的一切……任何人在何時何地都可以喝健怡可樂。」

你能察覺出她話裡有什麼問題嗎？首先，若「任何人在何時何地」都可以使用某樣東西，它的故事將無法贏得所有人的心。好一點的情況是，廣告內容枯燥乏味，沒有人會去注意，最壞的狀況則是像這則廣告一樣，引起所有人的反感。就如同《金融時報》的編輯艾里森在撰寫相關報導時說的：「他們非常不想冒犯任何人，結果卻糟透了。」

再來，他們關注的是產品本身，而不是觀眾所抱持的錯誤信念。「健怡可樂變得比過去更真實、更平易近人」究竟是什麼意思？它比什麼更真實？茶？水？還是普通可樂？然後，有誰說過健怡可樂不平易近人？它一直都在貨架上，隨時等著跟你回家，這還不夠嗎？

諷刺的是，廣告帶給觀眾完全相反的感受。某則推特貼文就若有所思地評論：「這則廣告讓我不禁懷疑，社會上是否其實認為喝健怡可樂極其丟臉，而我卻沒有發現。」

這則廣告充分展現了，為什麼我們在發展自己的故事時必須提高警覺。隨時都要問問自己，是否真的從受眾的角度（也就是用他們的「解碼器」），而不是用你的觀點來看待一切。如果把注意力放在什麼事對你很重要，以及為何你覺得他們

25 在歐美，「酪梨吐司世代」泛指一九八一至一九九六年間出生的人，包含Y世代與千禧世代，形象為願意花錢追求生活品質和個人成長。被部分企業家與時事評論家批評是不上進、難怪買不起房子的一代。

不願意接受你的訴求，你就慘了。

下一章將深入探究你所發現的、關於目標受眾的一切，並且鎖定某個他們很快就會察覺的問題。

創造你的故事

你即將實際運用所有做過的研究，依此創造自己的故事。請給自己一點時間，也許沖一杯好咖啡，或倒一杯葡萄酒，讓自己覺得舒服、放鬆下來，然後針對以下問題進行腦力激盪：

1. 我的主角到底是誰？

你的主角可能是你之前所想像的那個能代表你目標受眾的人。盡可能將這個人變得真實。

2. 一般而言，我故事裡的主角想要的是什麼？

你的故事將提供他滿足這個渴望的機會。

3. 具體來說，此時此地（在故事展開的那一天）正在發生什麼事？（這件事能滿足你主角內心的渴望。）

比方說，若海柔利用這次簡報機會，打敗勁敵、獲得夢寐以求的升遷，她就贏得了想要的東西——在工作上取得成功。

4. 什麼樣的外在力量可能會對我的主角造成阻礙？

在對付這個問題時，請記得三件事：第一，你在尋找的是某件使這位主角無法稱心如意的事。第二，這個外在挑戰必須迫使你的主角採取行動。第三，為了克服這個外在挑戰，你的主角必須針對他的錯誤信念重新思考。

第10章・保持明確

「每件事都仰賴執行；光是只有看法並無法解決問題。」

——美國百老匯音樂劇大師史蒂芬・桑德海姆（Stephen Sondheim）

現在你似乎已經擁有自己的故事，很想放手一搏；你已經下了很多功夫，也準備好了！雖然這種感覺非常好，但很有可能你不小心掉進最大的錯誤信念裡，以為自己的故事已經很明確了。我並不能說你錯，因為你確實清楚自己的故事在說什麼。

我們回顧一下海柔故事的摘要：這天早上，海柔將要進行職業生涯中最重要的一場簡報，但她的車子卻無法發動。她唯一能在勁敵搶走她的鋒頭前，抵達公司的唯一方法就是——騎腳踏車！於是，我們的產品正好可以幫助她化險為夷。她跳上腳踏車，然後發現自己並沒有因此感到疲憊，反而變得精神抖擻，於是她順利做完簡報，並且表現得非常好。故事到此結束。

這個故事有讓你「感受」到什麼嗎？你會對它感興趣嗎？我很喜歡對一起合作的作家說：「你們想跟我鉅細靡遺地解釋，還是希望我能設身處地、站在主角的立場思考，這樣就可以自己體驗這一切？」

所以問題究竟出在哪裡？為什麼這樣還不夠明確？因為這是針對「發生了什麼事」的客觀概述，我們看不到主角內心的掙扎，以及必須做出什麼艱難的選擇。海柔沒有任何需要克服的事；她不必冒險、沒有恐懼（她獲得成功的難度也不會因此提升）。她所做的只是一件很普通且合理的事——跳上腳踏車，然後騎車去上班。這很簡單，甚至完全不需要思考，而這就是問題所在。少了掙扎，就沒有什麼值得支持的事、可以產生共鳴的人，同時也沒有懸念存在。此外，她到底從哪裡弄來這台腳踏車？若她之前都沒想過騎腳踏車通勤，為何身旁剛好就有一台？這樣太隨便了吧？她為什麼不直接叫一台計程車就好？

這是故事摘要所設下的誘人陷阱。根據牛津字典，「摘要」（summary）這個字的定義是「簡短且明確地說明關於某件事的主要概念或狀況」。這是基於某些事實已經存在，同時故事裡的每件事也都已經發生為前提。說起來，前面那一段故事摘要還不算是摘要呢，因為截至目前為止，根本沒有什麼發生過的事情需要進行概述。**摘要也不等於故事。**

我們的目標是將你故事此刻的籠統概念，轉變成非常具體的細節。然而，要怎麼區分關鍵細節與無關緊要的事？接下來，我們將探討個中祕訣：它不只是如何掌握事物本身的細節（天空是藍色的、那台腳踏車是黃色的），而是要怎麼鎖定與故事有關的細節。這些細節會賦予你的行動召喚意義，至於其他的細節不僅不相干，還會令人分心。

在本章裡，我們將著重如何把籠統的概念轉變成具體圖像，這些圖像會透露出好幾層意義。接著會談談怎麼用具體事物當作指引，以便創造出故事的開場，還有怎麼透過特定情境將這些事實具體呈現出來，使它們變得生動，以及如何讓一切明確具體、清楚可見——這很重要，因為如果我們看不見，就感受不到。

找出暗藏的籠統概述，並加以排除

這裡有一個簡單實用的原則：籠統概述是一種泛稱，具體細節則是指那些被明確歸類的事物。比方說，「褲子」很籠統，「條紋圖樣、邊緣以紅色與金色毛球裝飾的高腰喇叭褲」則很明確。聽起來很容易，對吧？事實上，籠統往往被誤當作明確。「這個男人很快樂」這句話聽起來很明確——他是一個男人；他很快樂。但其實不然。你說的是哪個男人？他為什麼快樂？對他而言，快樂是什麼？對於這些問題，我們找不出任何線索，也因此這句話很籠統。

我曾經與無數作家一起工作，這些作家都非常肯定，要寫出明確的句子，只要再用另一個籠統概述——「這個男人對他的職業選擇感到快樂」來修飾就好。那是什麼樣的選擇？他為什麼會做出這種選擇？所以呢？這件事到底為什麼重要？這句話不會產生任何畫面，在其表面論述背後沒有更深層的意義，同時也沒有讓人在意的理由。這可能會令你感到震驚。因為和這些作家一樣，當你在想像自己的故事時，在某種程度上，你可以看見它，並且感受到它。因為在你心裡，它似乎很具體，然而實際說故事給別人聽時，往往就變得中性、籠統，而且異常難懂。

國際級故事教練安迪・古德曼用美國參議員華倫（Elizabeth Warren）講述她在奧克拉荷馬州怎麼長大的故事，來說明具體細節的力量。這是一個很棒的例子。她說：「大約在我讀中學時，我的爸爸心臟病發。他的病情很嚴重，我以為他快死了，那些有上教堂習慣的鄰居紛紛帶來飯菜。那真是一段可怕的時光。」

古德曼說：「故事必須很明確，那些看似微小的細節幫助我們看見故事主講者所形塑的世界。請思考一下，『朋友給了我們很多協助』與『那些有上教堂習慣的鄰居紛紛帶來飯菜』之間有何差異。當然，這兩者都代表同樣的意思，但只有後者能立刻使人浮現出畫面。」

「朋友給了我們很多協助」好像聽起來很明確，但如果換成「提供很多協助的鄰居」，你有辦法想像出什麼嗎？多半是一團模糊的人影，而他們到底做了些什麼事，我們也找不出線索。然而，試著想像「那些有上教堂習慣的鄰居」時，你不僅可以「看到」他們，也不需要有人告訴你「他們提供了許多協助」。因為他們主動地「帶來飯菜」，就透露出這樣的訊息，而且背後還有更多涵義。

這裡要注意一件事，並不是把故事主講者的世界全部攤開在大家眼前就是好的。在華倫的世界裡，還有一大堆可以告訴我們的細節，例如牆壁的顏色、地上鋪著哪種地毯和窗外的景緻。她卻沒有這麼做，因為這些細節與她要說的故事毫無關聯，因此再怎麼真實、具體都沒有用。那些飯菜則不單單只是無關緊要的細節，還幫助她傳遞訊息，告訴我們關於華倫這個族群的事——他們有上教堂的習慣、他們不富裕、他們互相幫助，是一個關係緊密的群體，若有人狀況不佳，他們隨時準備好提供協助，並提供支持，藉此減少他的煩憂。這個簡單的畫面隱含了許多情感意義。

此外，只提及那些飯菜也許會讓聽故事的人喚起某段深刻的記憶，帶他們回到父母親生病的那段時期，並且想起那時出現在家裡的各種菜餚——現在，他們可以體會華倫的感受，於是便能明白這些鄰居真的提供了十分有力的幫助。

結論就是，這些具體細節必須使你的故事和其背後的涵義變得具體。

去看就是去感受

但如果你想針對目標受眾中的每個人傳達不同的訊息會如何？舉例來說，你是一名候選人，希望藉由故事告訴每位選民，你會為了他們各自重視的具體事物而戰。每個人重視的「具體事物」都不一樣，保持明確難道不會疏遠其他不在意那個問題的人嗎？答案是不會。

讓受眾得以想像你的故事是很重要的，就像神經科學家達馬吉歐在《笛卡爾的錯誤》一書裡指出：「我們的想法主要由圖像所組成。」這是因為圖像不只給予我們知性啟發，同時也驅動我們的情緒。是感受激發想法，而不是想法引發感受。因此，少了可以聚焦的特定圖像，我們就很難思考，更不用說感受任何事所代表的意義。所以問題在於，若你把焦點放在某個圖像上，要怎麼傳達這個圖像以外的訊息？它能否變成一種象徵，這種象徵不僅代表更深層、更普遍的意義，也能代表其他具體細節？接下來，讓我們深入探討一個案例，它就做到了這一點。

案例研究・傑米・哈里森的參議員競選廣告

傑米・哈里森（Jaime Harrison）競選廣告「泥巴路」（Dirt road）的高明之處在於，當中並沒有吹捧他所隸屬的政黨。他的故事重點與政黨忠誠度或貶低反對黨完全沒有關聯，這個故事著重的是選民本身，以及從日常生活來看他們重視的事是什麼。

為了觸及選民，哈里森必須找出某個圖像、某種顧慮，讓每個人都覺得「是的，我也是這樣，這就是我對某個問題的感受」。這則廣告本身談論的並不是解決那個問題的方法，而是政治人物從一開始就察覺到選民心中的顧慮有多重要。這就是他想傳遞的訊息。

這是一則很簡單的廣告——當螢幕上跳出字幕時，我們聽到哈里森為一系列的插圖加上旁白。讓我們一邊聽，一邊拆解它：

我來到南卡羅萊納州的一個鄉村郡。（我們已經準備好，因為大腦會與故事產生連線，我們憑直覺就知道有某件事將要發生……）

我沿著一條老舊的泥巴路往下走……（我們可以看見這條路，這是位於故事中心的一個圖像。它不只是一條路，而是一條老舊的泥巴路。他聽起來確實來到一個人煙罕至的地方，一切來得又快又急。）

那裡有一間排屋[26]**，我走上前去，敲了敲門……**（看到「排屋」這個字我們就明白他是一個內行人，同時也是當地人。我以前沒有聽過這個字，查詢後發現這種房子跟我認識的「鐵路型公寓」（railroad flat）很像。）

來開門的是一位非裔老先生，他說：「孩子，你是誰？你想要什麼呢？」（我們都等著哈里森跟他拉票，想知道他會有什麼反應。我們都曉得，哈里森想要的是這位老先生的選票。）

我回答：「先生，我是傑米・哈里森。」

他看著我說：「好的，你想要什麼呢？」（哇，顯然這傢伙不多說廢話。這已經不是他第一次這麼問了，所以只要哈里森開口說出他想要什麼，他就會趕他走了。）

---

26 shotgun house，是一種狹窄的長方形住宅，房屋的前後兩端都有門，是美國南部最常見的房屋風格，其設計與後文提到的鐵路型公寓相似。

我回答：「先生，這是最重要的一次選舉……」（糟了，這是一個天大的錯誤——現在哈里森看似把重心放在政治議題、籠統概述和他自己所重視的事情上。他準備告訴這位老先生，為什麼應該把票投給他。我們有種預感，一旦他把那句話說出口，他就會犯下大錯。）

然後，老先生說：「孩子，讓我告訴你一件事。」（這時，哈里森的期待落空，我們也跟著提高警覺。看來他會教訓哈里森一頓，免受拜票騷擾，這樣可以為他們兩人省去麻煩。）

他說：「你有看到你開車過來時的那條路嗎？」（這句話也很有畫面，這位老先生正帶領哈里森進入他的世界，讓他看見自己心中的顧慮。）

我回答：「是的，先生。」（情勢已經扭轉，現在這位老先生正居於上風。）

他說：「那是一條什麼樣的路？」

我回答：「那是一條泥巴路。」（這句話讓我們這些觀眾本能地知道，老先生即將提出一個重點。）

他說：「孩子，它在羅納德·雷根當總統時就是一條泥巴路，在布希父子任內也是。」（啊哈，他要開始罵共和黨了——那條路到現在還是一條泥巴路，都是他們的錯。）

「在比爾・柯林頓和巴拉克・歐巴馬當總統時，它也是一條泥巴路。」（等等，他現在也罵民主黨了。接下來會發生什麼事呢？）

「孩子，它到現在都還是一條該死的泥巴路。在民主黨人或共和黨人為我鋪好這條路之前，我不想跟你們任何人打交道。」（噢，他說的根本不是政治的問題，而是政治人物從不關心在選民的日常生活中，他們重視的事是什麼。這才是他們真正在意的。在覺得自己的心聲被聽見之前，他們為何要聽一個政治人物說話？）

說完，他就把門關上了。我感覺有些受傷。（哈里森原本的目標是說服這位老先生投票給他，但他澈底失敗。然後，現在他正向我們坦承這一切。他顯露出自己的無助。）

但接下來，我開始思考這件事。（現在，哈里森將進一步採取行動。他並不是要為自己辯護，告訴我們這位老先生錯在哪裡，或為了這件事抨擊其他政黨。他反而仔細思量這位老先生說的話，並重新思考自己的定位。）

對這位老先生而言，最重要的是這條泥巴路。（他重視的是這條泥巴路。它很真實；它不模糊、抽象，因此得以付諸實行。這是一個可以解決的具體問題。）

他聽過所有的政治演說，那些人說要做這個、做那個，但就是沒有人為他鋪好那條路。（哈里森完全明白這位老先生想表達的重點，它也變成了所有人的重點——你給了許多承諾，卻不曾做出任何我覺得重要的事。你不在意那些會影響我生活的事，那我為什麼要在乎你想要什麼呢？）

對整個南卡羅萊納州的居民而言，這條路象徵很多事。（現在，哈里森把「泥巴路」當作一種象徵，代表所有影響著南卡羅萊納州選民的具體事物。）

對阿倫代爾鎮的人來說，它可能不是一條泥巴路，而是他們的學校。對班貝格鎮的人而言，它也許不是一條泥巴路，而是他們的醫院。（藉由舉出其他兩個具體事物，他讓選民們知道，他了解不同族群有不同的顧慮，而他的目標則是鎖定對每個族群最重要的事，並為此做點什麼。）

那條泥巴路象徵的是整個南卡羅萊納州的居民所面臨的困難。（經過進一步探究，他現在將所有具體事物都連結在一起，並揭露潛在的問題：人們之所以會受苦，是因為政治人物不再把重心放在當地、不再關心人們真實且具體的需求。）

我還記得過去參議員們用心幫助人民的那個時代，他們是人民的公僕，我想找回這種精神。我們必須重建這些人的信任。這就是我競選美國參議員的原因。

（現在，他終於說出了他的訴求。這個訴求本身可能很模糊、籠統，同時完全與他的政黨路線吻合。但它其實是由具體事物的總和轉變成一種令人信服的普世價值，而這正是哈里森想要掌握的。）

誤信：所有政治人物都一樣，他們不關心真正影響我們的事是什麼；他們只在乎當選，然後就窩在辦公室裡。

真相：若政治人物願意聆聽我們的心聲，然後把注意力放在那些影響我們的具體事物上，並為此做點什麼，他是有可能打破這種刻板印象的。

發現：哈里森或許就是這樣的政治人物。他確實願意傾聽；他明白我們的心聲，同時也承認自己的錯誤。他的目標是幫助我們，或許他可以做到（如果我們選他當參議員的話）。

轉變：我會把票投給他。

那個具體圖像——老舊的泥巴路是一切的關鍵。首先，從表面意義來看，你可以看見並感受到為什麼這對那位老先生很重要。因為自一九八〇年代以來，那條路就影響著他的每一天，他要傳遞的訊息很明確：若政治人物真的在乎我，他們就會為我鋪好這條路。再來，從象徵意義來看，那條老舊的泥巴路代表每個選民所面臨的真正問題，象徵著那些亟需改變的事。政治人物必須在意這些問題，並實際為此做點什麼。

哈里森運用這個具體圖像，說出了一個極具說服力的故事。

但若你想傳達的是某種抽象的概念（例如選擇、自由或富足）會如何？單一圖像能精準地表達出這樣的概念嗎？答案是可以。事實上，有時一個異常瑣碎的事物本身就能說出一個故事，這個故事甚至會改變整個國家的走向。

一九八九年，美國記者馬蘭茲在《紐約客》雜誌裡描述葉爾欽（當時他還不是俄羅斯總統）「與老布希總統會面時，參觀了紐約證券交易所，接著在休士頓郊區的一家普通超市稍作停留。架上滿滿的布丁雪糕令他印象極為深刻——『連我們的中央政治局[27]也沒有這種選擇，甚至連戈巴契夫先生也沒有！』因此他發誓要澈底推翻布爾什維克主義[28]。」

對葉爾欽而言，這種平凡的小點心是具有意義的。這種意義與它們嘗起來的滋味完全沒有關聯，而是代表了所有蘇聯沒有的東西。請試想你帶了一堆布丁雪糕回家！這象徵著某些龐大的概念。因為儘管你無法想像選擇、自由或富足，你一定可以閉上你的眼睛，然後看見明亮的冰櫃塞滿這種點心。

具體圖像不管再怎麼平凡無奇，都能讓人感到吃驚，因此難以忘懷——嚴峻的冷戰政局與家常的布丁雪糕並列在一起，是如此超乎預期，使你忍不住睜大眼睛心想：「等等，這是什麼意思啊？」說故事的人都明白這一點。老實說，馬蘭茲的說法不盡然是事實，因為對於這趟超市之旅，葉爾欽本人是這樣說的：「當我看到那些架子上塞滿了罐頭、紙盒和各式各樣的商品時，我第一次為蘇聯人感到悲哀。我們這個國家明明可以超級富有，卻變得如此貧窮。這讓我感覺很糟。」

他根本沒有提到布丁雪糕。那為什麼《紐約客》這樣的一流刊物會說是它們讓葉爾欽有所領悟？我們可以在拍攝這場購物之旅的清晰照片中找到線索。在這張照片裡，盯著冷凍櫃瞧的葉爾欽張開雙臂、故作驚訝，臉上滿是笑容；除了布丁雪糕以外，冰櫃內還有滿滿的冰淇淋、柳橙冰棒與巧克力糖漿。

從照片上看起來，要說葉爾欽比較喜歡布丁雪糕也是有其道理。這趟超市之旅還有一張引人注目的照片，葉爾欽這次盯著一堆青豆、蘑菇與小紅蘿蔔看。然

27 Politburo，是各國共產黨的中央領導機構，通常在中央委員會閉會期間行使中央委員會的職權。在一黨專政的社會主義國家中，政治局往往是國家決策的核心機構。

28 Bolshevism，是俄國社會民主工黨中的一個派別。布爾什維克派的領袖列寧認為，應該建立一個以少數「職業革命家」為核心、多數黨員對其絕對服從的組織模式，也就是所謂的民主集中制。

而，「架上滿滿的田園蔬菜令他印象極為深刻……」這樣的句子顯然無法帶來相同的情緒衝擊，畢竟「田園蔬菜」更難想像，也更平淡無奇。當馬蘭茲在為《紐約客》建構這個故事時，他知道自己在做什麼，他選擇用「布丁雪糕」來突顯重點，並成功製造出閱聽人的記憶點。換句話說，這不只是具體陳述而已，而是選出某個具體事物，這個事物不僅蘊含意義，也包含了某種意外元素。

讓我們直接回到海柔的故事。大致來說，我們都知道這個故事的重點是什麼，現在得讓它變得更加明確。若你認為海柔的故事該從她不能發動車子開始，是很自然的一件事，因為這肯定會打破某種行為模式，同時顛覆她的預期，聽起來感覺很不錯。但如果故事從這裡開始，就無法傳達海柔今天將遭遇什麼危機，因此我們勢必得將時間軸往前拉。

我到底要怎麼開頭？

真正的問題在於，對海柔來說，今天與其他日子有何不同？因為這將會決定她要面臨什麼樣的危機，以及她想要的東西是什麼。

讓海柔的車子拋錨、將她推離舒適圈，以此作為故事的開始，是我們難以抗拒的誘惑。只是，雖然我們知道海柔想要些什麼，但是目標受眾並不曉得，對他們而言，海柔不能發動車子又有什麼大不了的。他們當然知道這是一件壞事，但因為缺乏明確具體的結果，沒有任何值得期待的事，同時也就沒有令人在意的理由。所以在讓海柔的車子故障之前，我們必須先讓他們明白，為什麼它「今天」拋錨是很糟糕的——而且是超級糟糕。所以，在思考你的故事要如何開頭時，得回答三個問題：

- 對我的主角來說，是什麼事讓這一天與其他日子不同？
- 因為這件事，我的主角會遭遇什麼樣的危機？
- 要如何向我的受眾傳達這一切？

我們的目標是學習掌握組成故事的基本要素，所以就讓這個範例故事保留一些喘息的空間，並假設它的形式是一部兩分鐘的影片吧。

讓我們先來看看，在海柔鑽進休旅車、轉動鑰匙之前，她的一天是如何展開的。請特別注意，她身上的壓力要是層層累加的，才能使懸念不斷攀升，並激發我們的好奇心與同理心。

- 我們看到海柔匆忙換好衣服、看了一下她的電腦螢幕，然後迅速瀏覽她的簡報內容。（儘管受眾不知道她平常的早晨是什麼樣子，但是發現她緊張地瀏覽著看起來像是會議簡報的東西，就表示有件不尋常的事要發生了。）
- 海柔的媽媽傳了一則祝她好運的簡訊給她，內容像是這樣：「記得深呼吸，你可以的。」（哎呀，她即將面臨考驗，這個考驗應該就是她要進行的那場簡報。）
- 接下來，為了提升故事張力，她收到老闆傳來的訊息：「提醒你，CEO在這裡，不要讓我丟臉！」（我的推測是對的，而且這真的是一個大考驗。）
- 她正在收聽廣播；廣播裡說，現在路上大塞車，所有路段都被堵死了。（不知道她的公司離家有多遠，希望她不會遲到。眼前的危機升高，因為這一切完全超出她的掌控。）

● 她試圖想像實際的交通狀況：一路上都是憤怒的駕駛，令人感到焦慮。（糟了，就算她準時抵達也會疲憊不堪。順帶一提，這也突顯出開車上班或許並沒有像人們講的那麼好。）

● 她看了看手錶，慌張地顧不得鞋子都穿反了，就這麼一路跳進車庫裡。（快點、快點、快點！）

● 車庫內不僅停著一台休旅車，角落還有一台腳踏車。那是我們品牌的腳踏車，上面綁著紅色的大蝴蝶結。這個鬆垮垮的蝴蝶結上佈滿灰塵，代表腳踏車已經在那裡很久了，顯然是一份令人失望的禮物。她究竟何時有時間騎腳踏車？（嗯，不知道是誰送給她這台腳踏車？上面還綁著蝴蝶結，顯然她從來沒有騎過它；這背後應該另有故事。）

● 她轉動車鑰匙，結果……竟然沒有任何反應。（天啊，現在是怎樣？）

• 她的手機響了，老闆又傳來另一則訊息：「你現在到哪裡了？」（她該怎麼辦？她絕對不可能準時抵達那裡！）

你有看到在她的車子故障之前，我們塞了多少資訊進來嗎？這使車子拋錨代表了遠比「該死，我會晚到公司」更具體的意義。只運用幾個簡短的片段，我們就確定了海柔的目標；為了達成這個目標，她必須克服些什麼，以及若她沒有這麼做，她會遭遇什麼樣的危機。我們已經讓目標受眾願意為她加油。這一切清晰可見、充滿具體圖像，告訴我們此刻什麼事對海柔很重要。在這個故事裡，那個紅色蝴蝶結就等同於布丁雪糕——它肯定很獨特且超乎預期，將我們的注意力轉移到那台腳踏車上。我們想知道接下來會發生什麼事，她是否會準時抵達公司，並進行這場簡報？

這一切感覺前後連貫、一氣呵成，但如果稍微深入探究，就能看出故事的每一層都有著不同的作用。你是否注意到在這個故事中，同時呈現出「過去」與「未來」，並巧妙地與「現在」融合在一起？舉例來說，以下這些時候透露出過去的事：

- 海柔看了一下簡報內容，顯然已經為此投入很多努力。
- 當她聽到路上大塞車時，馬上喚起過去的記憶，試著想像自己將面臨的阻礙。
- 在看見車庫內那台綁著鬆垮緞帶的腳踏車時，我們立刻心想：「哎呀，這是怎麼了？」這並非腳踏車本身使然，而是那個破舊的蝴蝶結讓我們明白，狀況比原本想的更複雜。我們也意識到，如果說故事的人刻意突顯某個視覺重點，它必定具有某種意義，因此提升了觀眾的期待：不管海柔知不知道，這台腳踏車都很重要。

至於未來的部分：

- 海柔收到的那三則訊息讓我們知道，她即將要做某件很重要的事。
- 海柔看了看手錶，匆忙來到車庫前，還把鞋子穿反。這一切都透露出事態有多緊急，以及她將要做的那件事有多重要。不只她很焦慮，我們也很焦慮。

這些事（包含過去與未來）加總在一起，為現在帶來緊張感。過去的事顯示什麼事對海柔很重要，以及她想要些什麼，而未來的事則透露，因著這樣的渴望，她將遭遇什麼危機。

你應該已經發現，我們並沒有把想到的所有事都放進來。我們對海柔的那位勁敵隻字未提，更不用說提及「若她晚到公司，他會從中作梗、偷走她的簡報內容」這樣的擔憂。這樣也沒有關係，或許我們會捨棄這個部分；或許我們會想到辦法把它安插進去，這兩種做法都是可行的。然後，那台綁著蝴蝶結的腳踏車背後的故事是什麼？是誰送給她的？請注意一點，沒有任何事是不可改變的；這是一個反覆進行的過程，不需要為此感到擔心。

我們懂了！再來呢？

一旦故事吸引我們的注意，好奇心就變得活躍起來，我們會心想：「哇，主角要怎麼擺脫這個危機？」解決之道並非唾手可得，我們跟著主角一起看她怎麼對抗這一切、是什麼事讓她決定冒險，以及她在這段過程中學到些什麼。

就像在一齣愛情喜劇裡，我們從一開始就知道，原本即將結婚的那對情侶根本不適合彼此，隔壁那個帥鄰居才是女主角的真愛。但如果她發現得跟你一樣快，就不會有故事產生了。你明白她要花上整整兩個小時的時間才能醒悟，並認清現實，這就是樂趣所在。我們所迎接的，是主角的領悟，以及促使主角有所領悟的那些事。現在我們已經把一切都設定好，接下來就要著眼於如何建構這個故事，好讓主角自己發現解決方法？

創造你的故事

請運用所有關於主角的一切，並參考我們在海柔的故事中是怎麼做的，然後進行以下動作：

- 看看能否為你的故事找出開頭？你可以透過某個具體情況來傳達，此刻什麼事對主角很重要，以及若一切進展不如預期，他將遭遇什麼危機。
- 問問你自己：是什麼事使主角無法獲得想要的東西？試著想出具體圖像、具體挫折以及具體行動（這些行動會隨著時間升級）。
- 根據這樣的故事設定，看看你能否想像出主角無可迴避某個問題的時刻，就像海柔那樣。

你或許會想出好幾種版本，這沒有關係。有時候你可能會因此感到沮喪，有時候則覺得神奇，無論如何請堅持下去，你已經很接近目標了。

第11章・如果、然後、因此

「張力越大，潛力也就越大。」

——瑞士心理學家榮格

你的故事已經有了開場，若希望受眾最後聽從你的行動召喚，就必須持續提升故事張力，讓他們感受到愛爾蘭作家與詩人王爾德所說的：「這種懸念是可怕的，我希望它能持續下去。」

故事的開場確立了那個必須解決的問題，而你將創造出的因果關係則是主角試圖解決問題的過程。我們都知道，解決問題不可能毫不費力、一步到位，如果很輕易就能解決，那就不算是真正的問題了。更糟糕的是，這還會把目標受眾向外推，因為會覺得你是不是認為他們的問題沒有什麼大不了。

你或許會覺得要解決問題很簡單。比方說，以海柔的例子來看，就是跳上那台腳踏車，是能有多困難？你要知道這其實不是重點，通常只要獲得解決方案，實際做法就很明確。真正的困難之處在於，怎麼在經歷一番掙扎後找出解決方法，而這就是「因果關係」所要處理的事。請記得，故事主角因為抱持某個錯誤信念而苦苦掙扎，而你的受眾也擁有相同的錯誤信念，若這個信念對他們非常重要，最好也要對你的主角很重要。

我知道這很麻煩。現代生活的諷刺之處在於，儘管一切都是為了使我們的生活變得「更簡單」，但我們其實天生渴望找到問題來解決。根據匈牙利裔美籍心理學家米哈里・契克森米哈伊的說法，研究顯示，在從事困難但可行的事情時，是我們最快樂的時候。因此，在確定主角所要面臨的問題之後，受眾就會立刻開始預測他接下來要做些什麼，以及如何解決這個問題。這會令他們對你的故事更感興趣，因為他們想知道自己的預測是否正確。

為了確保你的故事可以給予這種刺激，在本章裡我們將深入探討如何做到，同時也會提供能夠讓故事避免離題的方法。在章節最後，你將初步營造出不斷增強的故事張力——具體來說，就是透過一次又一次的轉折，從開場一直到這位主角有所領悟，也就是迎來「頓悟時刻」，一切將達到高潮。（關於「頓悟時刻」會在第十二章討論。）

弄懂一件事會讓我們獲得美好的情感報償。而且除了「發現」本身，我們為了弄明白所做出的努力，也讓這種報償變得令人滿足。想弄清楚一切的欲望也使我們得以存活下來。我們都知道，大腦是一台進行預測的機器，專門推測「如果這樣，然後那樣……等等，這表示會……」背後看似可靠的邏輯。若少了這種預想未來的能力，我們的人生將變得驚嚇連連。

幸運的是，我們知道一定可以信賴某件事，就像蘇格蘭哲學家休謨（David Hume）在幾個世紀前所指出的，因果關係是「宇宙萬物的黏著劑」。然而，休謨也很敏銳地指出，這不見得代表我們腦中的想法會導致某個實際行為，或者我們預期的事一定會發生。只要看一下新聞或選舉結果，就會明白我們往往錯得非常離譜。

無論最後是對是錯，我們生來就一直在尋找事物之間的因果關係。因為少了它，所有事情就不具有意義。在現實世界中，我們完全受到自身經驗的支配，但在你的故事裡，若創造出一個可信且明確具體的因果關係，你就能自行決定人生經驗將教會主角（包含目標受眾）什麼事。

創造因果關係：讓它變得可信

首先，讓我們來定義所謂的「可信」是什麼。它指的是你不需要思考、自然就接受這件事可能會導致那件事。在創造故事時，你必須以內、外兩個層次的可信度為目標：

原則1：籠統的外在可信度——這相對簡單。

原則2：根據主角的內在邏輯所建立的、情感／心理上的可信度——這並不容易，所以才需要下這麼多功夫。

第一層的外在可信度我們都很熟悉，像是一般人都能行走、奔跑、跳躍，但是無法揮動雙臂飛翔。這個世界的運作受制於外在條件是否許可。地心引力讓我們維持在固定的位置上、水和食物使我們得以存活，嬰兒則不會因為擔心股價而徹夜未眠。一切是如此簡單。

不過，清楚呈現可信度的第二層，也就是主角的內在邏輯更重要，這樣一來，他的一言一行就能在情感／心理上引發共鳴。這也是目標受眾根據所屬族群的觀點，來採取行動的「內在原因」，如果違反了這一點，即便其他事在客觀上完全可行，你的受眾也會覺得「這絕對不可能發生」。內在可信度遠比外在可信度重要得多，只要能清楚呈現這個部分，就算打破第一個原則也無妨，有時候這甚至能突顯出你的論點。

以美國網路券商億創理財「說話的嬰兒」廣告為例。我們都知道嬰兒發育再快，也不會自己開設交易帳戶，更別說提供財務建議了。然而，看到廣告中的嬰兒有著二十八歲人的言行時，我們並沒有翻白眼，而是目不轉睛地盯著螢幕看。

其中一個原因是，這則廣告含有驚奇的元素，立刻就打破了「嬰兒不會說話」這個原則，所以我們都想知道到底是怎麼一回事。然而，由一隻狗、一隻貓或一隻倉鼠來給予理財建議同樣吸睛，為什麼會選擇嬰兒呢？這是因為廣告將透過視覺傳達「用億創理財進行投資是如此容易，就連嬰兒也做得到」這樣的訊息。這就是他們想表達的重點，而那名嬰兒確實也這麼說。

這就是這則廣告如此成功的原因，它精準掌握了可信度的第二層，也就是主角的內在邏輯。那名嬰兒的看法與目標受眾完全一致，不僅反映人生經驗教會了他們什麼，也說出了他們的語言。

這則廣告在二〇〇八年首次播出，當時億創理財鎖定的是一群主動積極、自動自發的投資者，過去他們對管理自己的財務可能有點戒慎恐懼。畢竟，他們聽說理財是件嚴肅且可怕的事（這是投資公司費心灌輸的錯誤觀念），最好交給經驗老道的專業人士處理。然後，金融海嘯來襲，他們不敢再把自己辛苦賺來的錢交給那些亂投資的經紀人。

廣告中的嬰兒巧妙地傳達了這樣的情緒：「謝謝你，老兄，但不必了。我和我的孩子已經把它搞定了。」這句話直白好笑，而且沒有使用任何圖表或專業術語就突顯出重點。美國文化評論家伊蓮・拉賓就認為：「這個寶寶讓整個交易業務變得人性化。」

「人性化」是這裡的關鍵字，它使一切變得平易近人。當主角從目標受眾的角度、用他們獨有的內在邏輯來看待這個世界時，你的故事就變得可信，就算故事裡發生的事情顯然是不可能的也沒關係。事實上，這反而是將某個極其重要的驚奇元素囊括在內的好方法。

不斷增強的故事張力：創造轉折

你可能會疑惑：「你說的『轉折』是什麼意思？我又不是在寫小說。」也許你正著手進行的是一部六十秒的廣告、一篇小短文或一則推特貼文，但無論如何，這當中必須充滿轉折。以下這個故事就是很好的例子：

一場在酒吧裡進行的文學競賽中，美國文豪海明威必須想出一則六個字的完整故事。對此，他的回答是：「出售。童鞋。未穿。」（For sale. Baby shoes. Never worn.）結果他贏了，這樣的轉折鏗鏘有力、令人揪心。不過我要吐槽一下，小嬰兒通常不太穿鞋的，這個故事的重點搞不好是不要亂買東西，而不是什麼人倫悲劇。演員威廉・沙特納的版本則是更迂迴曲折：「SAT[29]不及格。失去獎學金。發明太空梭。」（Failed SAT. Lost scholarship. Invented rocekt.）

接下來，說故事高手凱倫・狄茨博士的版本又更千迴百轉：「打高爾夫。老闆獲勝。保住飯碗。」（Played Golf. Boss won. Kept job.）我想無數戰戰兢兢的上班族（也就是我們多數人）都能對此產生共鳴。請特別注意，這當中也有一個明確可信、包含內外兩個層次的因果關係。它不僅告訴我們外在發生了什麼事，也暗示著內在有什麼事發生。我們都知道說故事的人讓他的老闆獲勝，同時也都明白，這當然就是故事的重點所在。

那你要如何利用受眾的期待（最後甚至加以顛覆）來建構一個曲折但可信的因果關係？讓我們來看看這則看似簡單的六十秒廣告，藉此了解，一旦知道你的受眾期待些什麼，就能用超乎預期的事來使他們印象深刻。

---

29 即學術性向測驗（Scholastic Aptitude Test），其成績是美國各大學申請入學的重要參考依據之一。

這則廣告圍繞著一個熟悉的情境打轉：新郎在婚禮當天大遲到，他不知道新娘會有什麼反應。讓我們先瀏覽一次這則廣告的內容，再來探討創作者想表達些什麼。

案例研究・福斯Jetta汽車

● 我們在影片裡看到一個男人，他看起來有些不安，但極其堅定。他似乎剛做出一個很重要的決定，沒有任何事能阻止他。他在一條偏僻的鄉間小路上快速行駛著，外頭正下著雨。我們看不見任何建築物。他顯然正在趕時間。（我們也知道，對他而言這不是一個尋常的日子，有某件很重要的事正面臨危機。）

● 鏡頭切換到一間教堂的新娘房內，我們看到一個穿婚紗的女人。遠處站著一位牧師，伴娘們聚集在她身旁，幫忙整理裙襬與頭紗；她對她們微笑。她的爸爸坐在一旁的椅子上，看著她準備就緒。（噢，原來先前那個男人就是新郎，姑且叫他詹姆斯吧，為何他還離市區這麼遠？我們發現這當中有某種因果關係，同時也憑直覺知道，其中存在著某個問題。）

● 鏡頭再次切換到詹姆斯身上，他還在開車，而且開得飛快。（他必須準時抵達，我們都為他加油。不知道他有什麼事耽擱了，畢竟他早該抵達教堂了。）

● 新娘的爸爸看著她，有點擔憂的樣子。她撥弄著手上的戒指，憂愁地抬頭張望。（糟了，他們都在擔心詹姆斯還沒有出現。他最好快一點，希望他有個好理由。）

● 詹姆斯緊張地看了一下手錶，然後又開得更快了，他正在冒汗。（為什麼他會遲到這麼久，發生了什麼事？若他沒有準時抵達會如何？）

● 準岳父也看了看手錶。（他為什麼看起來這麼不開心？是因為詹姆斯遲到嗎？還是他覺得這對新人並不適合，今天的意外正好證明了這一點？可以肯定的是，他不希望女兒受到傷害，而這似乎已經無可避免。）

- 前方有一台緩慢移動的Airstream露營車，迫使詹姆斯放慢速度；他露出慌張的表情。（時間也太不湊巧了吧！故事張力因此提升。）
- 準岳父握住女兒的手，她對他微微一笑，然後別過頭去。（爸爸察覺到她比他想的還擔心。如果我們能告訴他們「詹姆斯已經在路上了，不要放棄」，該有多好？）
- 詹姆斯顯然冒了一個很大的險——他猛踩油門，超過了那台露營車。（我們很高興他的車有足夠的馬力這麼做，而且有一瞬間他看似就要撞上迎面而來的車輛。他一定非常愛她。）
- 當準岳父轉過頭來時，他的憂慮看起來又加深了。（我們也是如此。）
- 現在，詹姆斯更靠近目的地了。他急速駛過一座很長的橋，但……不！他還在城外。（時間一分一秒地過去。）

● 新娘向窗外看去，她失望地回過頭來，然後要自己堅強起來。（或許他就快到了，還不要放棄他。）

● 詹姆斯終於把車開進城裡……這時，前方的平交道柵欄降下，迫使他停了下來。當一列極長的火車呼嘯而過時，他不安地扭動了一下、把頭放在方向盤上，接著將身體往後仰，沮喪地大叫。（該死，他即將錯過自己的婚禮。天啊，他們會覺得他是故意不出現的。）

● 準岳父無奈地低下頭，然後把新娘房的門關上。我們都被關在門外。（一切都結束了，他們必須告訴大家，新郎遲遲沒現身……這實在很丟臉。）

● 鏡頭切換到教堂門口。詹姆斯趕到時，街上空無一人，他跳下車，跑上台階，衝進敞開的教堂大門裡。

● 教堂內坐滿了人，新娘和新郎一起站在聖壇前。（等等，他才是「真正」的新郎嗎？）當牧師說「有異議的人請現在提出，否則請永遠保持緘默」

時，詹姆斯正好衝了進來。詹姆斯停了下來；新郎看了他一眼，然後又看了看新娘。她低下頭來，顯然是承認她和詹姆斯之間確實有些什麼。正當詹姆斯要開口說話時，她抬頭看著他，深深地倒吸了一口氣，眼睛閃閃發亮。現在，我們終於明白……剛才看到的是電影《畢業生》最後一幕的六十秒版本。就像男主角班傑明．布拉達克一樣，詹姆斯讓他的摯愛避免了嫁錯人的命運。

這樣的驚喜帶來深刻的滿足感，彷彿剛才看了一場魔術表演，我們沒有因此感到憤怒，反而興奮莫名。它使這則廣告變得難忘，但也確實愚弄了我們，人不喜歡被耍，但為什麼我們不生氣呢？

因為我們對整個因果關係的解讀，與實際發生什麼事都同樣具有意義。換句話說，根據我們所看到的一切，若預期的事真的發生了——詹姆斯衝進教堂內，裡頭空盪盪的，那也是完全可信的。重點在於，儘管這是一個令人驚訝的結局，但它並沒有嘲笑我們，只是向我們展示另一種看待事情發展的方式。這就是你的故事所要實現的目標：向目標受眾展現看待熟悉事物的新觀點。

我們知道這是一個巧妙的故事，但是與購買Jetta汽車有什麼關聯？因為在結局之前，我們都不知道這是一則汽車廣告，只忙著弄清楚詹姆斯能否準時抵達，完全沒想到：「不知道他們要賣什麼東西給我？」既然如此，這則廣告要怎麼傳達它真正的意圖「買我們的車」呢？

首先，從表面上來看，這台車雖然不是主角（詹姆斯才是），我們還是可以說它是這個故事裡的英雄。它安全地超越了那台露營車，並且在濕滑的路面上順暢地轉彎，讓他及時抵達教堂。但意義上當然不僅於此，這個故事本身還有什麼寓意？讓我們逐步分析。

在最後的幾個片段裡，我們發現新娘即將嫁給一個無法令她怦然心動的男人。他其實不錯——個子高，也還算帥，沒有什麼不對勁的地方，只是看起來有點普通，甚至無趣。他留著一頭服貼的短髮，中規中矩、一本正經。另一方面，詹姆斯看起來更有活力，也更投入。他的襯衫領口敞開，略長的頭髮有點不受拘束，他不怕面對自己的無助，也不怕冒險。畢竟，他過去可能一直拚命欺騙自己，但該死，他真的很愛她！

如果他不是主角（我們所支持的那個人），如果我們並非已經相信這位新娘將「犯下大錯」，我們或許會覺得他衝進教堂打斷婚禮，是極其傲慢無禮的行為。然而我們的感受正好相反，心想：「他讓她不會嫁錯人，真是謝天謝地。」

這正是這個故事，同時也是這則廣告的重點：若你有勇氣追尋，你想要的東西是觸手可及的。接著，這則廣告的標語在螢幕上跳了出來，告訴我們它的目的是什麼：「繫好你的安全帶。駕駛們都想要的車：Jetta VR6。」

誤信：我不能贏得夢想中的女孩……好啦，其實是車子，別人就會獲得它。它遙不可及。

真相：如果我有勇氣追尋，我的夢想是觸手可及的。就是現在。

發現：為什麼要讓夢想中的車子溜走？我可以得到它。

轉變：也許我應該試開一下Jetta。

更進一步來看，這位新娘也懷抱著某個錯誤信念，她也可以是故事的主角。在某種程度上，她最後確實也採取了行動，她看著詹姆斯的眼神使我們明白，在最後一刻，她發現了自己的錯誤，而且還有機會改正。對她來說，這是一個不屈就於次佳選擇的故事。

誤信：雖然一個標準的好男人（其實是車子），不是我的理想對象，它還是一個適當的選擇。

真相：我希望從男人與車子身上獲得許多東西。對的人可以帶你到不曾夢想過的地方；對的車則讓你保持安全且準時抵達目的地。

發現：為什麼要屈就？我理想中的車和男人都確實存在，而且也都想要我。

轉變：也許我應該試開一下Jetta。

創作者在這則廣告裡放進了什麼樣的情緒？答案是追尋內心的渴望，以及有能力將它實現時的興奮感。

從這位新娘的角度來看，那種興奮感來自於理想對象選擇了自己，並且重視自己勝過一切。是的，我知道這是「我的白馬王子總有一天會出現」的性別刻板印象，理論上我應該避開這則廣告，而不是一次又一次地觀看、研究它。然而不可否認的是，希望被理想對象選中，是人類一種與生俱來且普遍存在的渴望。雖然承認這件事很難為情，這則廣告確實觸動我內心深處的某個點，讓我第一時間無暇思考這是否傳達了過時的兩性觀念，然而這也是故事的力量所在。

被具有說服力的故事影響是一回事，自己創造出這樣的故事又是另外一回事。光是想到這一點你可能會覺得緊張，這是一件好事，因為故事張力就是我們接下來要探討的。

除非感到害怕，否則你不可能勇敢

故事中的主角只能藉由克服各種阻礙來解決問題，即便她也不太確定自己面臨的是什麼。若她無所畏懼，這樣的話不管遇到多糟糕的事都無所謂，因為她不需要克服內心的掙扎，也沒有什麼可以學習的事。換句話說，你知道截至目前為止，這一切對海柔有多難嗎？現在是讓它們變得更困難的時候了。

說得容易，但要怎麼做呢？從客觀的角度來看，各種戲劇化的事都有可能發生，例如一顆隕石掉在她家後院、外星人的太空船降落屋頂上、發生了一場洪水、地震，或火山爆發……答案是以上皆非。告訴你一個祕密：問題的答案永遠都藏在你的故事裡。

請忘記那些重大的外在事件，你要問的問題是：「從海柔的處境來看，她會做些什麼事？」「她將怎麼試著解決這個問題？」（亦即，你的受眾會做些什麼事。）

這會縮小你的選擇範圍，同時也變得更具體、更可信。你的目標是盡可能想出所有選項，無論它們有多荒謬。以海柔的故事來說，選項清單也許看起來像是這樣：

- 傳訊息給同事，看看她是否有任何機會將這場簡報延到下午。
- 看看她能否透過視訊軟體Zoom進行遠距簡報。
- 看看叫車到她家要花多久時間。
- 有沒有可能借鄰居的車。
- 打開那本談論「正向思考的力量」的書，看看她能否下定決心去上班。
- 對了，還有那台腳踏車。

此時，最後一個選項「騎腳踏車」看起來最可笑，可能比讓她自己下定決心更荒謬。海柔十有八九已經完全忘了這台腳踏車，但我們的受眾並沒有忘記。他們在她跳進車子裡時就看到它了，而且知道它將與故事的發展密切相關。就如同俄國文豪契訶夫所說：「如果一把裝滿子彈的槍不開火，就絕對不要把它放在舞台上。做出你不打算遵守的承諾是不對的。」讓受眾看到這台腳踏車，我們就對他們做出了承諾，他們預期它很重要，否則為什麼要讓他們看到呢？

有了這樣的認知，讓我們篩選出那些最有力的轉折，如此一來，每個轉折都會引發下一個轉折，而且從內外層次來說都是可信，符合海柔的內在邏輯。此外，由於希望這個故事盡可能簡短，建議你遵循最有效的「三的法則」[30]。因為大腦習慣尋找某些模式，其中規模最小的模式就是「三」。

請讓這些轉折盡可能升高海柔所面臨的危機，如此一來隨著故事發展，她可能失去的東西也會更多。這能幫助我們縮減選項清單，剔除那些大致相同的選項。舉例來說，海柔詢問能否延後這場簡報，但主管要求她改用Zoom來進行，這樣的安排並沒有增加她眼前的危機，是非常沒有必要的。

最後還有一個原則，那就是我們會先嘗試最容易的解決方法。對海柔而言，所有選項裡最簡單的就是試著叫一台計程車。然而由於交通大打結，成功的希望並不大，不過到處都有開計程車的人，值得一試。這個解決方法很簡單，也不會讓別人知道她遇到問題，真是太完美了！

轉折1：海柔試圖叫一台計程車，但手機螢幕顯示附近都沒有車可以搭乘，她得等一個小時。交通狀況又變得更糟了。（這也讓「試著借鄰居的車」變成無意義的選項。）

現在，我們還有兩個更好、但很類似的選擇：她可以傳簡訊給同事，看看能否重新安排簡報時間，或者改用Zoom，這樣就能在家裡進行簡報。這兩個選項都是可行的，但我認為，重新安排簡報時間是比較好的做法。因為這樣我們還是可以把焦點放在「海柔必須到公司上班」，接著來看看能否在這段過程中將危機升高。

轉折2：海柔傳訊息給同事，以便試探他的想法。結果，她立刻就收到回覆：

---

30 rule of three：在傳播學理論中，「三」是最有力的一個數字，足以支撐一個論點，又不至於多到難以記憶。將「三的法則」應用在說故事上，是指在刻畫人物或事態的轉變時，寫三次是最恰到好處的做法。

「不行，CEO已經在這裡等了。那個混蛋卡斯伯也已經在路上了，如果你遲到的話，他就會先進行簡報。動作快！」

請注意我們是如何讓海柔的勁敵重新出現在故事裡，藉此將危機大幅升高。海柔想像他沾沾自喜、得意洋洋地笑著，還搶走她的升遷機會……這激起了她的鬥志。她必須先抵達那裡，但是該怎麼做？

「三的法則」可以拯救這一切。此時她看到那台腳踏車，然後意識到，不管可能性有多低，至少自己還有一個選擇。

轉折3：她決定放手一搏。她取下腳踏車上的那個蝴蝶結，拿起掛在手把上的全新安全帽戴在頭上，接著打開車庫門，把腳踏車牽了出來。

等一下，我們都忘了一件很重要的事，她身上穿著什麼樣的衣服？海柔原本以為自己會開車去上班，加上這又是一場非常重要的會議，應該不會有人讓她穿針織上衣搭配緊身褲和球鞋。

你三不五時會在創造故事的過程中發現某些「糟糕了」的時刻。你會懊惱地敲打自己的頭，哀號說：「我沒有想到這一點，怎麼辦？」有時候你得重頭來過，但如果你已經做足了準備，可能只需要修改一下就好。

因此，讓我們重新回顧一下對目標受眾的認識，使他們感到退縮的其中一個原因也許是遵守社會規範，去做符合社會期待的事，而不是活出自己的真實樣貌。或許我們可以藉由海柔的穿著來突顯這一點。

我猜多數人都想像海柔穿著裙子搭配罩衫，甚至再加上西裝外套，腳上穿著高跟鞋，頭髮整齊地盤在頭頂。這是很得體的穿著，而她之所以在套上鞋子時跌跌撞撞，可能是因為不常穿高跟鞋。但是她這身裝扮要怎麼騎腳踏車？

故事通常都是這樣發展的，我們必須隨機應變。若在故事裡加入另一個細節來解決這個問題如何？這個細節告訴我們，身穿「正式套裝」的樣貌並非真實的海柔，真正的她隱藏在一個外型優美的黑色尼龍郵差包內，裡面裝著她的運動服，那是她下班後去健身房時要穿的。（這樣我們得記得回頭修改相關細節：過去在她累了一天之後，她還得騰出時間健身。）

現在，她看了一下那台腳踏車，深深地吸了一口氣，要自己堅強起來。她把髮夾拔下來，讓頭髮散落在肩膀上，然後迅速套上運動服，把裙子與襯衫捲起來收進包包裡。這才是真正的海柔！她一直將這樣的自己隱藏在從眾的假象下。

海柔把腳踏車牽出車庫。現在我們可以試想一下，海柔也許住在山坡上，因此能從高處俯瞰城裡蜿蜒的長長車陣。她看了看遠處的某棟高樓，那是她的辦公大樓；她一臉遲疑。她可以準時抵達嗎？會不會把自己弄得很累？然而，她將傾盡全力，因為就像Jetta廣告中的詹姆斯一樣，她已經下定決心要到那裡去，而她選擇的交通工具將幫助她化險為夷。

現在，問題又轉變成：「當她抵達公司時，是疲憊不堪，還是精神抖擻？」我想像她一開始看起來有點擔憂、退縮，但接著發現自己可以騎腳踏車穿越車陣，於是就出發了。

讓我們先暫時忘記她抵達公司時的感受。這個故事裡還埋藏著另一種情緒，那就是從那些憤怒的駕駛和靜止不動的車輛旁飛馳而過的興奮感。有哪個通勤族不會為此感到開心？當海柔快到公司時，她穿過一長排車龍，有個男人把頭伸出車窗外，大聲咆哮。她從這台車旁邊騎過去時……太好了，那個人竟然是卡斯伯！他就這樣被困在車陣裡。

如此一來，我們就建構出一個實際可行的因果關係，接下來就要顛覆海柔的錯誤信念了。究竟要如何做到呢？這就是我們下一章要探討的。

首先，請再次檢視你對目標受眾所知的一切，包含錯誤信念，以及他們看待世界的方式，因為這些都和你的故事及行動召喚密切相關。你可能會覺得沒有必要，但做就對了，因為我們很容易在不知不覺中又變得籠統。

好的，現在從你所營造的戲劇化開場來看，問問你自己：這位主角看到了哪些選擇？列出所有可能的選項，就像我們對海柔做的那樣。不用擔心點子太誇張，只要那是主角可能會考慮的事就可以。

當你列出選項清單後，請看看能否加以縮減，剔除那些類似的選項。（以海柔的例子來看，就是叫一台車或借鄰居的車。）你的目標是找出一連串的選擇（劇烈轉折），最後讓主角不得不做那件「感覺絕對不會成功」的事，殊不知這是因為他所抱持的錯誤信念使然。對海柔而言，就是跳上那台腳踏車。她一開始確實認為，騎腳踏車有機會讓她準時抵達公司，但代價是讓她累得要命，根本無法在會議上好好發揮，並獲得升遷。

以下這三個問題能幫助你把注意力放在那些最有效果的轉折上：

- 這個轉折或細節是否讓故事主角走上領悟之路，也就是朝他的「頓悟時刻」邁進？
- 為了使自己最後的決定變得有意義，主角是否必須先研究、後捨棄這個可能的解決方案？
- 每一個轉折是否都對主角所面臨的問題造成更深的影響，讓它變得更難解決？

第12章・奇妙無比的「頓悟時刻」

「若真的想脫離那些讓你煩惱的事，
你需要的不是到不同的地方去，而是成為不同的人。」
——羅馬哲學家塞內卡（Seneca）

「發現」的那一刻很令人興奮，對吧？就像當你發現即將獲得升遷人的是你，而不是隔壁那個整天偷懶、瀏覽奇怪網站的馬屁精。這些發現如此叫人興奮，不只是因為你的人生將發生改變，而是因為你自己弄懂了一切。這讓你覺得自己很聰明，同時也讓你能採取行動，因為現在你明白——或說感受到——什麼是你該做的事。

當故事主角的「頓悟時刻」粉碎受眾所抱持的錯誤信念時，這就是他們的感受。他們意識到自己原本就有能力解決這個問題。然而，光有這種領悟是不夠的，我們想知道的是主角究竟是怎麼察覺到自己有盲點的。

電影《綠野仙蹤》就提供了一個很好的例子。為了解決自己面臨的問題，並盡快脫身，桃樂絲從頭到尾都遵照他人的指示行動。儘管過程中充滿曲折，她還是巧妙地克服所有外在阻礙、奪走壞女巫的掃把，成功回到了翡翠城，希望偉大的巫師可以送她回到家鄉。沒想到巫師居然是個騙子，現在還有誰能幫助她？此時，好女巫葛琳達再度現身：「你已經不再需要別人的幫助。其實你一直都擁有回到堪薩斯的能力。」

「我有嗎？」她問道。稻草人的反應更是真切，他質問道：「那你之前為什麼沒有告訴她？」

葛琳達的回答正是我寫這本書，同時也是你創造故事的目的——「因為她不會相信我，她必須自己發現這一切。」

讓桃樂絲得以解決問題的，不是她的諸多英勇事蹟，而是各種體驗教會她的事。因此，要使主角的領悟變得可信，你的目標受眾就必須理解其背後的內在邏輯。他們想知道的是，主角為何認為他的錯誤信念是不正確的？是什麼讓他睜開雙眼、看見真相？這是我們希望明白的，因為我們可以將這樣的資訊應用在自己的人生上。想獲得這種資訊，我們必須先澈底領悟。你的故事就是在此刻突顯出重點，也就是你的論點。

你故事裡的所有事都朝著這一刻邁進。為了確保此一時刻的來臨，在本章中，我們將先探討怎麼啟動構成「頓悟時刻」的四種主要元素。如此一來，到了受眾一直等待的那一刻，你的故事就不會變得難以理解。最後，我們會將目光從你正在創造的故事轉向你個人的故事，以及不害怕面對自身無助的那股堅定力量。

剖析「頓悟時刻」

這正是你的受眾從一開始就殷殷期盼，並且試圖弄明白的。這就是故事的優點所在。若你直接告訴他們故事要提出的論點，例如：騎腳踏車使你恢復元氣、這位候選人很棒、我們的牙膏能讓你隨時保持從容，目標受眾可能會與你爭辯。但現在他們已經深受吸引，不僅降低戒心，也敞開心胸，而且他們本身並沒有察覺這一點。這也是故事的力量，它能躲過信仰體系的雷達，並以我們的語言說出一番道理。

所以，要如何讓你的故事達到高潮？有四種構成「頓悟時刻」的元素，會使這樣的時刻令人印象深刻。它們分別是：

- 「頓悟時刻」必須在最後一刻到來。
- 這樣的時刻必須屬於主角，而不是故事裡的其他人。
- 它必須顯而易見，這樣觀眾才能理解其背後的邏輯（也就是主角的內在掙扎）。
- 它必須讓主角重獲自由，擺脫他所抱持的錯誤信念，於是現在可以解決自己面臨的問題。

讓我們順著《綠野仙蹤》的劇情走，逐一分析其中的每個元素。首先是故事設定：

故事裡的桃樂絲想要些什麼呢？她希望被公平對待，也就是說，她想要正義。所以，當西方壞女巫沒來由地威脅要奪走桃樂絲心愛的小狗托托時，她覺得自己只有一個選擇，就是帶著托托逃走。

誤信：當事情進展不順利時，你最好的選擇是離開，然後在其他地方重新開始。希望在彩虹的另一邊，那些困難就會消失不見。

問題是，不管你到哪裡去，「你」都在那裡。桃樂絲的信仰體系與所面臨的問題，都會一路跟隨著她。困難從來不會自動消失，忽略它們只會讓它們變得更嚴重。這個故事將迫使桃樂絲檢驗自己的假設——離開是否是最好的選擇？因為一切每況愈下，現在她被困在奧茲國，她不能只是覺得自己犯了錯，然後就偷偷地溜回家。她將弄清楚錯誤信念讓她付出了什麼樣的代價。

桃樂絲的外在目標是回家，但真正的問題在於，她不認為自己有能力解決遇到的問題。因此，她並沒有捍衛自己的信念，而是選擇逃跑。這不是因為她軟弱或缺乏勇氣，而是因為到那一刻為止，人生只教會她這麼做。但在前往壞女巫城堡的路上，桃樂絲懷抱著解決這個外在問題的希望，並幫助她的新朋友們鼓起勇氣對抗那些壞蛋、為了公平正義而戰。於是，她發現自己擁有強大的內在力量，以及矯正那個錯誤信念的方法。

真相：逃跑無法解決任何事，但若你願意捍衛自己的信念，你就能試著改變一切。

發現：「我在尋找的東西一直都近在眼前，沒有任何地方像家一樣。」

轉變：現在，她有能力回到溫暖的家，當她抵達家門時，她也有力量為自己的信念而戰。

接下來，讓我們逐一分析構成「頓悟時刻」的四種元素：

1. 第一種元素最單純，因為它很合乎邏輯，只要弄錯時間就不會那麼重要了。「頓悟時刻」必須盡可能在故事接近尾聲，也就是在一切將無可挽回的那一瞬間之前到來。對桃樂絲來說，確實如此。因為即便在她做完所有該做的事之後，她還是來不及與奧茲巫師一起搭上熱氣球離開，而且這班熱氣球永遠都不會再回來。她真的只剩下眼前這個機會，這比只奪走壞女巫的掃把更具有挑戰性。越來越緊張的她已經被迫深入探索，並嘗試各種可能的做法，我們也因此坐立難安：「怎麼辦，她現在到底要怎麼回家？」

你的故事主角何時迎來這樣的時刻，甚至比桃樂絲的「頓悟時刻」何時到來更重要。因為一旦受眾恍然大悟，你就會希望讓他們好好感受這一切，而非被其他事情轉移注意力。正是在此刻，這位主角的發現也變成了他們的領悟，與他們的世界觀融合在一起。如此一來，他們也可以像主角一樣接著採取行動，這就是為什麼……

2. 「頓悟時刻」向來屬於主角。在這個故事中，這位主角是你受眾的化身，他們對她的經歷感同身受，所以支持她。他們不希望主角被別人拯救，而是自己解決問題。他們感受到她的痛苦，現在也想一同經歷她的勝利時刻，這就是為什麼，沒有人能替她解決問題。但這一切還有更深層的意義……

3. 「頓悟時刻」必須顯而易見。主角的領悟是不具意義的，除非你透露背後的邏輯，而我們想透過故事獲得的，就是清楚看見，這位主角發現為何自己的錯誤信念是不正確的，並且接納真相。

就像前面章節提到的6號汽車旅館住客，他們發現這是一個聰明的選擇，因為這樣自己就有錢買玩具給孫子；「好自在」影片裡的少女就是在此刻意識到，「像女孩一樣」這個詞是一種侮辱，暗示男孩比女孩優秀；傑米・哈里森就是在此刻發現，選民不會相信任何政治人物的承諾，因為從來沒有人為他們鋪好那條老舊的泥巴路。

不只是這些故事主角意識到，住在6號汽車旅館很棒、「像女孩一樣」這個詞是不好的，以及選民們希望自己的需求能被滿足。重要的是這一切背後的「原因」，它讓我們明白這些領悟代表什麼意義。這些發現使故事主角得以解決某個問題，因此……

4. 重獲自由！「頓悟時刻」讓你的主角擺脫他所抱持的錯誤信念，意識到自己原本以為能掌控他的事物（無論那是一個人，還是一個想法或信念）並不能這麼做，會賦予他極大的力量；有了這樣的領悟，他會做出更適當的改變，成為更真實的自己。因為目標受眾與主角產生認同感，他們也會感受到這一切。

桃樂絲所尋找的答案就近在眼前，她卻沒有發現。為了找出這個答案、看穿錯誤信念，就像你的受眾一樣，她必須改變日常習慣，脫離舒適圈。法國作家普魯斯特就曾提出一項敏銳的觀察：「真正的發現之旅不在於尋找新風景，而在於擁有新眼光。」這為桃樂絲的「頓悟時刻」（也就是所有的「頓悟時刻」）做出很好的總結。

然而，這不代表我們就能忍住想澈底避開問題的欲望。我們往往花太多時間尋找輕鬆的做法，反而只讓一切變得更糟。這就是海柔做的事，她試圖叫一台車，但失敗了，她還是必須面對這個問題。她試著將這場簡報延後，也沒有成功，她眼前的問題越來越嚴重——時間一分一秒地流逝，更糟的是，卡斯伯已經在前往公司的路上，危機因此升高。她還是得面對，直到自己別無選擇，也就是必須跳上那台腳踏車。

我們的故事將迫使海柔做某件她平常絕對不會嘗試的事。這個故事的重點並不在於海柔是否進行了很棒的簡報，或獲得升遷，而是她有勇氣做自己，不再盲目跟隨社會規則。

她的「頓悟時刻」代表了什麼？可以說她就是在此刻發現，她能掌控自己的命運。事實上，選擇不遵守社會規則可能會幫助她取得成功，因為她改變了對成功的定義，只是她必須要透過行動獲得這樣的領悟。

所以，我們可以在故事裡加入更多重要細節，讓它更加充實具體。比如說，安排海柔剛騎上腳踏車時，仍看起來猶豫不決，後來交通混亂到讓她放棄騎車，改成走路上班。絕望的她朝旁邊看了看，突然發現眼前這條小巷雖然有點狹窄，但是前方都沒有車子，於是便毫不考慮地跨上車，然後一路向前飛馳。

看見那些可以穿越的巷弄、公園，以及汽車無法行駛的狹窄街道時，她越騎越快，找到自己前進的道路。這一切都寫在她的臉上。現在，重點已經不是準時上班，而是享受這趟車程，那是一種沉浸在當下的興奮感。

她何時領悟到這一點？如果她什麼話都沒有說（到目前為止，她都沒有說話），我們要怎麼看出這一切背後的內在邏輯？她是否必須說出自己的想法？我們是否需要一個旁白，讓受眾明白她在想些什麼？其實並非如此，在我們的故事裡，透過她的臉部表情變化與肢體動作，受眾能夠自然發現她的心情逐漸轉變——從害怕（我可以這麼做嗎？）變成表露無遺的喜悅（是的，我可以）；她已經與這台腳踏車融為一體。

但她的發現不僅止於騎腳踏車讓她能準時上班、精力充沛、隨時準備好大顯身手，解決她的外在問題。更深層的領悟來自內心，這趟車程使她得以輕鬆展現真實的自我，因此故事的結局可能是其中一種：

選擇一：海柔抵達辦公大樓。她從腳踏車跳下來、脫下安全帽，將頭髮甩落在肩膀上，然後刻意大搖大擺地走了進去。

選擇二：海柔朝著那棟大樓的方向前進，接著……快速地從旁邊騎過去。因為反正那份大公司的工作向來不適合她，而升遷只會把她綁在這裡。就讓卡斯伯升職吧，她要去追尋那些更重要、更美好的事。

請特別注意，在這兩個情境裡，我們都不知道這場簡報的結果如何，或是誰獲得了升遷，說實話，誰在乎呢？故事若再往下發展，可能會沖淡，甚至消除我們想帶給受眾的感受，也就是充滿各種希望與可能性，並且重獲自由。

但哪一種結局比較好？答案取決於我們目標受眾所抱持的世界觀。如果他們是一群以一路晉升至公司高層為目標的商務人士，第一種結局是很棒的。但如果他們覺得辦公室工作令自己備受束縛、渴望得到些許自由，第二種選擇更激勵人心。誰知道呢？搞不好在海柔騎車飛馳的過程中，還把裝著正式套裝的郵差包丟進路邊的垃圾桶裡。

那有什麼東西是我們還沒有說明的？只有一個，就是腳踏車上那個鬆垮垮的大蝴蝶結。我們不能隨意取消這個設定，它可是為了兩個原因而存在的：第一，這是海柔手邊有這台腳踏車的理由，最後幫助她化險為夷。第二，它讓我們明白，她過去並沒有選擇它或任何一台腳踏車當作交通工具。然而，我們是否真的需要解釋，是誰基於什麼原因送她這台車？幸好答案是不需要。若你的受眾能給自己一個可信的理由，你可以不說明，也就是放過故事裡的某些小細節，這是其中一種情況。

所以，海柔的故事會幫助我們把腳踏車賣給選定的目標受眾，也就是那些每天困在車陣裡好幾個小時、對此感到厭倦的城市通勤族嗎？我認為是如此，但並不能完全肯定，因我們永遠不知道未來會發生什麼事，或其他人會怎麼解讀。

有鑑於此，大眾會相信有比故事更可靠的方法能說服、啟發他人，是合情合理的事。故事不像數據一樣可以量化，也不像數學那麼保險，更不像簡單的直述句那麼單純。故事之所以可怕，是因為它喚起了某種情緒，而且想運用故事的力量，我們就得在最恐怖的地方——未知的領域進行探索。我們不提供目標受眾已經存在的事實，而是必須「創造」一個故事。要做到這一點，就必須接納自己的無助。「創造出故事，並相信它會成功」，事實上我們很可能會失敗，而且創造出來的故事可能會洩露關於自身的某些事，這更叫人害怕。

廣告代理商葛瑞紐約發想出前面提過的「說話的嬰兒」廣告，前首席創意總監托爾．麥倫坦言：「我們創造出這名嬰兒時，根本不知道這會是我們做過最愚蠢的廣告還是最出色的創意。我很害怕。」獲得好結果之後，要拍胸脯保證說某件事值得冒險是很容易的，但一個重要的前提是，你必須在它很可能會搞砸時願意冒險。這就是勇氣派上用場的時候，膽識是最重要的。

拿出膽識就表示你願意嘗試把故事說給受眾聽，以此捍衛自己的信念，即便可能會付出很大的代價也不退縮。但有時候，它能讓你獲得意想不到的成功，以下是個很棒的案例。

案例研究・線上學習平台Lynda.com

根據哈佛商學院「數位倡議計畫」（Digital Initiative）的說法，Lynda.com在當時促成了許多數位創新。其共同創辦人琳達．溫曼（Lynda Weinman）曾被稱作「網際網路之母」，二〇一五年，「領英學習」（LinkedIn Learning）以十五億元美金的價格收購了Lynda.com。但現在看來，這些都是後見之明。

時間回到一九九五年。那時，琳達是位於加州帕薩迪納的藝術中心設計學院的教授，教導的是一門非常新的學科「網頁圖像設計」。她的學生是藝術家，而不是電腦專家，他們對這項尚未成熟的技術感到害怕。她意識到這項新技術將是影響他們未來的關鍵，而且如果只用傳統的方式教課，可能會讓他們更害怕，甚至澈底抗拒。琳達教授電腦技術的方法和其他人不一樣，她會拆解成清楚且容易理解的片段，避免使用高科技術語，使它變得平易近人。

她想為學生找一本現成教科書，但是在當地的書店只看到滿是專業術語的操作手冊，讀起來像是用外星語寫成的書。作者都是工程師與電腦科學家，他們就像那些國家海洋暨大氣總署的科學家一樣，認為資訊很重要，並以為其他人也是如此。

琳達決定自己寫教科書，她說：「我試圖觸及我的讀者，他們是一群藝術學院的學生，我的想法僅止於此。」她完全了解這群人，也很清楚自己擅長些什麼——將技術資訊變得更人性化，讓那些尚未產生濃厚興趣的人也能理解。這就是她提供的好處，同時也是她的熱情所在；她將它視作生命般重要，這是她真實自我的展現。

她寫的書完全不像市面上那些艱澀難懂的技術手冊。「我想以平易近人的方式來書寫，用第一人稱訴說我學生的故事，口吻有點像一位親切的老師，我過去正是以此獲得教學上的成功。」

她將書稿賣出，甚至說服出版社在整本書裡使用彩色圖表（當年的出版社少有在專業書籍中做彩色印刷）。「我把稿件寄給他們，三、四個月後我才接到電話：『我們已經編輯了你的書稿，會把它寄給你，請再瀏覽一下，並校正錯誤。』我讀著他們寄來的稿子，發現他們不僅將第一人稱改掉，還把它變得更正式，就像他們出版的其他書一樣。完全剔除了這本書的靈魂，我已經認不出它是我的作品；我邊讀邊哭。」

該出版社顯然對這本書的目標讀者一無所知，他們將書稿重新改寫，以符合他們的一貫路線。他們覺得這麼做比較保險，因此說出一個只有他們自己聽得見的故事。

琳達必須做出選擇。他們是出版社，有能力把她的書帶到市場上，這是她自己辦不到的。傷心的她打電話給一位作家朋友，對方告訴她，她當初簽訂的合約裡或許有這樣的條款：若出版社拒絕接受她的書稿內容，只要她將預付稿費歸還，就可以把書的著作權拿回來。於是她重新審視合約，當中果真有這項條款。

然而要執行這項條款感覺就像認輸。琳達沒有名氣，除了每年在藝術中心設計學院的約一百位學生以外，沒有其他讀者。她十分無助，煎熬了一整個周末。她說：「到了星期一早上，我鼓足勇氣打給出版社說：『我認為你們這樣是不接受我的作品；我無法為這本書掛名。你們這麼做令我非常傷心，我整個周末都在哭。我只是要讓你們知道，我要執行這項條款。』」

此刻，一切都玩完了。她只剩下信念——她相信自己的故事、相信受眾有什麼樣的需求，以及自己可以提供什麼好處。她很清楚，因為寫書前自己可是下過功夫的。

這個故事可能就此結束。據她所知，這種可能性很高。要冒這樣的險是極為困難的，而捍衛你認為正確的事也可能會是很痛苦的，這需要勇氣。沒想到出版社的窗口與她聯繫。他告訴她，自己曾試著跟同事解釋，這是一本不同類型的書，必須用不同的方式處理。但他們沒有採納他的意見，因為改變是很困難的。當編輯人員看到和習慣不同的東西時，並沒有接納這樣的差異，或甚至看見其中的價值。他們認定這是個錯誤，並且用自己的方式來改造它。諷刺的是，他們先前出版過的那類書籍對這群新讀者是不管用的。

琳達的窗口向她保證，他們會把書稿改回第一人稱，也確實做到了。這本《網頁圖像設計》（Designing Web Graphics）在一九九六年，以她原本提交的形式出版。它花了一點時間才流行起來。六個月後，出版社發現這本書到處都賣光了，還有許多讀者不斷詢問如何購買，甚至可說是全球性的一夕爆紅。《快速企業》雜誌曾說：「許多人都把《網頁圖像設計》視為自己的第一本專業用書，它立刻大受歡迎，全世界想要找一本好讀易懂網頁設計指南的人，都把它當作參考書。」

最後，這本書銷售超過一百萬本，並被翻譯成十二種以上的語言，成為該出版社有史以來最成功的一本書。這使琳達的專業與教學方法廣獲認可，她的影響力從每年一百位學生擴展至數百萬人。

琳達是她故事中的主角，而你也是自己人生故事裡的主角。她的「頓悟時刻」正是遵循我們剛才提出的那個範本。這並不令人意外，為什麼呢？因為故事（以及構成故事的所有元素）映照出人類心理、透視我們做決定的方式；它深刻描繪出人生的樣貌。

琳達的「頓悟時刻」可以拆解成以下幾個部分：

1. 她不得不處理某個問題，而且只剩下眼前這個機會。
2. 為了解決所面臨的問題，這迫使她自己採取行動。
3. 她發現，因為出版社大修特修她的書稿，它不再說出目標讀者的語言。此外，他們也消弭了她的聲音，就像新聞節目《六十分鐘時事雜誌》的製作人想把歐普拉的聲音弄平一樣。他們剔除了讓這本書具有說服力的部分，也就是對人性化教學充滿熱情、因為實際觸及人群而感到喜悅，而不只是提供讀者生硬的數據。因為有這樣的領悟，琳達做出了艱難的決定。

4. 這項決定使她重獲自由，因為她拿回了出版社拿走的力量，讓她得以掌控自己想傳達的訊息。但這並不容易；任何值得擁有的東西都無法輕易獲得。

這就是諷刺之處：捍衛自身信念會使你感到無助，但挺身捍衛的勇氣也會給你力量。琳達知道她的讀者想要什麼，也願意相信自己提供給他們的一切。她的故事透露出她擁有強大的力量——她在完全無法證明最後會有好結果之前就相信自己，因為結果也有可能並不是這樣。出版社若把這本書的著作權還給琳達，接下來會發生什麼事？我想，她應該會努力找到觸及讀者的其他方法。

你可能會發現自己也面臨類似的處境，而且這件事也一定會發生。

創造你的故事

為了確保故事主角的「頓悟時刻」強而有力，足以促使受眾採取行動，你的故事必須滿足以下四個條件：

1. **時間點**：「頓悟時刻」必須在最後一刻，也就是在一切將無可挽回的那一瞬間之前到來，早一點都不行。

   問問你自己：我是否對主角施加足夠的壓力？在意識到如何解決問題之前，主角是否差一點就失敗了？

2. **執行者**：主角必須是化險為夷的那個人。

   問問你自己：主角是否自己負責處理所有困難的工作？

3. **顯而易見**：必須要受眾能找出主角突然改變心意的原因，也就是說，要讓他們清楚看到轉變的關鍵，了解主角為何這麼做。

問問你自己：主角的「頓悟時刻」是否顯而易見？受眾是否理解這突如其來的發現背後的邏輯？

4. 重獲自由！「頓悟時刻」讓故事主角擺脫自己所抱持的錯誤信念。

問問你自己：這樣的領悟是否使我的主角展現出更真實的自己？

第13章・屬於你的「頓悟時刻」

「具有領導力的人絕大多數都能傳達人們的渴望。」
——美國參議員范士丹（Dianne Feinstein）

我小時候很喜歡看動畫電視劇《飛鼠洛基和麋鹿布溫可》，其中有個令我難忘的笑點一直反覆出現。每當洛基要向觀眾介紹最新一集的動畫時，布溫可就會阻止他，並且說：「嘿，洛基，看我從帽子裡拉出一隻兔子！」

「還來？」洛基很生氣，但是又清楚自己別無選擇。布溫可誇張地撕下晚禮服的袖子：「我的袖子裡沒有任何東西。」然後在大禮帽上方擺動他的手指，並大喊「我變！」接著從帽子裡拉出一隻火冒三丈的犀牛，他趕緊把牠塞回帽子內：「噢，我不知道我的力量有這麼強大！」

故事的力量也是如此。現在你知道怎麼運用它，同時因為具備這樣的才能而感到得意，但請絕對不要忘記它的影響有多遠大。就如同電影《蜘蛛人》的經典台詞：「能力越強，責任也就越大。」由於故事專門協助我們賦予這個世界意義，吸引我們的那些元素能將故事裡發生的事與現實融合在一起，這項特性讓「弄假成真」變得非常容易。

我們也天生偏好追求吸睛的事物，而虛假往往比真實更加新奇，像是廣播劇《世界大戰》[31]提到火星人登陸了地球、希拉蕊．柯林頓的「披薩門」事件[32]等，都比無聊的真相獲得更多關注。這並不是因為我們很善變，或容易分心、受騙，而是當我們投入其中時，身體的維生系統就會處於高度警戒狀態。任何非比尋常的事物都可能預示著危險迫在眉睫，因此一件事越奇怪，我們越容易注意到它，還會急切地想將它傳遞出去。畢竟，擁有如此重要的資訊能巧妙地提升我們的社會地位。

我們透過故事將這些事情傳遞出去。因為從老祖宗的時代開始，我們就藉由故事賦予所有資訊意義，所以沒有什麼比理解故事如何運作更重要。這樣一來，我們不僅可以說服他人，當別人用故事說服我們相信某件一直逃避的事情時，我們也能察覺到。用故事侵入大腦，讓我們相信那些不真實的事，並對抗我們賴以生存的真理，是很容易的。

原有的神經網路使我們得以團結成一個個小群體，同時也讓我們付出代價，那就是比較無法想像和同理其他族群的信念。花點時間瀏覽社群平台，會發現大家都在用自己覺得有說服力的事實來說服另一種立場的人。然而在許多情況下，我們甚至不想說服他人或被他人說服，只希望被已經贊同這些事的人支持。和同溫層的人交流確實令人感到舒適，但這也使尋求妥協、達成共識、獲得同情變得更困難，更不用說找出能應用在自己人生上的新見解。

所以故事危險嗎？它們當然可能很危險，但並不表示我們應該捨棄故事，重新使用客觀資訊。因為無論有多少資訊、數據、事實向我們湧來，為了弄清楚它們代表什麼意義，以及是否該在意，大腦還是會把它們轉變成故事。

這代表那些沒有學會如何運用故事的人將深受其害，在很多方面他們會把自己應有的力量讓給別人。但是看過本書之後，你已經學會要說出具有說服力的故事，祕訣在於了解目標受眾，而且也知道該怎麼做，這就是你最大的力量。

擁有這樣的力量，你就能跳脫自己的思維模式，站在受眾的立場思考，從他們的眼睛來看這個世界。不會不小心用你的觀點做評斷，而是能夠從他們的角度來

---

31 一九三八年播出廣播劇《世界大戰》改編自同名科幻小說，當時有一段「實況轉播」火星人襲擊地球的劇情，因為效果太過逼真，竟讓聽眾信以為真，引發逃難潮。

32 二〇一六年美國總統大選時，網路上傳出希拉蕊與其競選總幹事在一家披薩店進行人口販賣與兒童性交易的假消息。許多人相信了這則消息，甚至有民眾拿著步槍衝到披薩店內，試圖解救受困的被虐兒童。

理解他們。這不僅在創造故事時很有幫助，也讓你可以真心同理身邊的每個人（包含你自己）為什麼會那麼做。

對我而言，書中最重要的一點，同時也是最令人感到暢快的真相，就是我們不該對情緒感到恐懼，也不需要克服它，或把它丟到一邊。情緒是我們的真實樣貌，我們應該好好接納，因為它無時無刻都擁抱著我們。我們所知道、理解、相信的每件事都被寫進情緒裡。

這就是故事派上用場的時候。想說服某個人某件事，問題不只是他們感受到什麼情緒，而是有這種感受的「原因」。人會經由體驗或間接透過故事得知這個原因。

你可能還是覺得有些故事只是單純的娛樂，完全不需要動腦筋，像是動作片《三角突擊隊》、恐怖喜劇片《魔鬼剋星》或《熱舞十七》這樣的愛情片。這些電影確實很有趣，但感覺不會對現實世界產生重大影響，例如幫助某個國家的人民推翻無情的獨裁者。但是在一九八〇年代，羅馬尼亞的祕密警察並不這麼想。居然有人認為好萊塢賣座鉅片，對蘇維埃集團中最頑強的史達林體制垮台有很大的影響？光聽就感覺荒謬。

然而，若你像我一樣歷史不好，以下是電影人強納森・克羅在免費線上課程

Open Culture網站撰寫的、關於這段歷史的背景介紹，應該會對你有點幫助：「即便從華沙公約組織的標準來看，尼古拉．希奧塞古[33]政權都極為專制、殘暴。他極力消除所有外債、使人民陷入窮困，自己卻在布加勒斯特市中心建築大型豪華宮殿。他關閉了所有地方電台，並限制電視節目一天只能播放兩個小時，這些節目據說都很無聊。」因此，羅馬尼亞人對故事的渴望與日俱增。

直到有一位名叫提歐多．詹斐爾的男人排除萬難，開始偷偷進口美國電影，並聘請一名女性伊琳娜．尼斯托協助翻譯——這一切都在他家安裝了隔音設備的房間裡進行。在翻譯完成後，詹斐爾將它們製作成盜版錄影帶，並透過類似毒品走私的祕密管道，賣給那些擁有卡式錄影機的人。（這些錄影機當然都是不合法的，而且價格和汽車一樣昂貴。）到一九八九年為止，他們總共翻譯了超過三千部電影；據估計，在羅馬尼亞約有一萬台卡式錄影機。

整個家族與街坊鄰居都圍繞在有著粗顆粒畫面的黑白電視機旁，晚上一次又一次地觀看電影《洛基》、《藍波》、《三角突擊隊》、《小子難纏》，以及影集《刺鳥》。有些人是這樣形容這些影劇對他們的影響：

33 Nicolae Ceauşescu：為羅馬尼亞政治人物，於一九七四年出任羅馬尼亞首任總統。

「那是通往西方國家的一扇窗，使我看見自由世界是什麼模樣。」

「在電影結束之後，那條街不再只是一條街，石頭也不再只是一塊石頭，它們變成了某種挑戰……我們開始想成為英雄。」

「這些電影種下的自由種子開始萌芽。」

這些電影並沒有提出理性論辯，或描述西方國家的生活。這些電影也沒有提供任何事實、數據與圖表，而是讓他們間接體驗自由是什麼「感覺」，並感動了「每個人」。這麼說並不誇張，因為祕密警察其實知道詹斐爾在做些什麼，連他們自己都看了這些電影。伊琳娜白天的工作是為政府部門翻譯，到了晚上下班時，同部門的祕密警察會和她搭乘同一班電梯，跟她說：「我昨晚有聽到你的聲音。」[34]這些祕密警察都是中央委員會的成員，但是他們和其他人一樣，對這些電影深深著迷。詹斐爾甚至宣稱，他曾經提供錄影帶給希奧塞古的兒子。

儘管基於意識形態的理由，這個政權對每件事都進行嚴格審查，他們似乎從來沒有想到，這些電影能真正激發觀眾的改變；這樣的改變促使他們採取行動。

詹斐爾說：「過去，這個獨裁政府控制了一切，他們卻失去對錄影帶的掌控——雖然這樣東西看似無關緊要。這些錄影帶讓整個共產體制為之動搖……一九八九年革命期間，所有人都走上街頭，因為他們知道自己可以過更好的生活。

他們是怎麼知道的？就是透過這些電影。」伊琳娜也貼切地指出：「大家都需要故事，不是嗎？」

我們確實需要故事；我們所有人都是如此。故事不只是為了娛樂。故事很有趣，所以我們會全神貫注地聆聽、觀看。當我們深受故事吸引時，它就侵入了我們的大腦（不管我們是否意識到這一點）。當故事結束時，我們已經發生轉變，進而改變這個世界。這就是你現在擁有的力量，請聰明地運用它。

34 伊琳娜．尼斯托翻譯的這些電影並沒有加上字幕，而是直接用口譯的方式，將她的聲音加進影片裡。

致謝辭

我要感謝非常多人，如果沒有他們，我可能還在考慮是不是要寫這本書。

首先，我要謝謝凱莉・克拉克（Carrie D. Clarke）。三年前，在阿布奎基市舉行的作家晚餐會談上，她靠過來跟我說話，並建議我寫這本書。當我開始寫作時，她的智慧、意見與鼓勵給了我極大的幫助。

我要感謝馬克・羅夫納（Mark Rovner）。多年前，我正準備對一群科學家進行演講，當我試圖為這場演講想出一個題目時，他毫不遲疑地建議我，可以把題目訂為「給我故事，其餘免談」（Story or Die）。感謝故事大師安迪・古德曼，他建議我用勒西菲運動俱樂部的故事作為這本書的開場。

衷心感謝我的好友琳達・溫曼，她一直支持著我，也大方地與我分享她的故事。感謝諾亞・德維科，他全心投入「不要邊開車邊傳簡訊」這支影片，並充滿熱情地回答我的每一個問題。

感謝珍・普雷格，她花了很長的時間跟我談論，在現實世界中，故事具有什麼樣的力量。感謝傑森・班列維（Jason Benlevi），他對故事在企業界的應用有深刻見解。

寫作是一項孤獨的工作，若沒有這群作家與朋友的支持、鼓勵與歡樂陪伴，我可能會澈底迷失，他們是克斯汀・庫恩（Kirsten Coon）、史考特・威爾班克斯（Scott Wilbanks）、莎朗・貝克（Sharon Baker）、瑞貝卡・佩克隆（Rebecca Pekron）、蜜雪兒・特雷茲（Michelle Tellez）、PJ・阿恩（PJ Arnn）、辛西亞・安德森（Cynthia Anderson）、阿密特・查特瓦尼（Amit Chatwani）、蜜雪兒・費奧達裡索（Michelle Fiordaliso）、瓊・麥凱比（Joan McCabe）、卡洛琳・李威特（Caroline Leavitt）、薩拉・克隆（Sara Cron）、吉姆・德維科（Jim Devico）、艾莉・克隆・德維科（Ally Cron-Devico）、尼克・克隆・德維科（Nick Cron-Devico）、伊登・謝爾（Eden Sher）、傑夫・金德利（Jeff Kindley）、露易絲・金德利（Lousie Kindley）、莫娜・佛里曼（Mona Friedman）、法蘭西斯・菲普斯（Francis Phipps）和史蒂芬妮・葛里麥克（Stephanie Grimac）。

我要特別感謝柯林・金德利（Colin Kindley）、茱莉亞・鮑曼（Julia Bauman）和克里斯・尼爾森（Chris Nelson）這三位大好人，同樣身為作家的他們閱讀了這本書的初稿，並且在我最需要的時候，提供精準的回饋。

衷心感謝視覺藝術學院的藝術碩士課程主任奈森・福克斯（Nathan Fox），我們花了很多時間談論關於故事的事。

我要謝謝戴西・克隆・金德利（Daisy Cron-Kindley）。她非常喜歡故事，尤其是那些關於壞醫生，躲在帽子裡、古怪怯懦的貓咪，以及恐怖娃娃的故事。這使我保持警醒，並且讓一切努力變得值得。

我要向我的女兒安妮送上無盡的感謝。她本身就是一個說故事高手；她一次次地閱讀我的草稿，並且總是以最溫和的方式指出其中的大毛病。我也要感謝我的兒子彼得，他比任何人都能激發，並打磨我的想法。謝謝你提供獨到的見解。

一如往常，我要感謝珍妮・奈許，擁有超強專注力的她一次又一次地幫助我抓住重點。我要向特約編輯蘇珊・德弗雷塔斯（Susan DeFreitas）獻上無盡的感謝，她不僅看見我想呈現的全貌，思慮清晰的她也讓寫書這件事變得更加輕鬆。

出版過程中最可怕的事莫過於失去你的編輯。就在我交出最終版書稿時，曾合作過兩本書的編輯寫信跟我說，她決定要在家陪伴剛出生的孩子，於是我換了一位新編輯。這令我感到不安，但事後證明我的擔憂是多餘，因為這位編輯是獨一無二的麥特・英曼（Matt Inman）。麥特的精闢意見使一切變得如此不同，他完全明白我希望我的書變成什麼樣子。

一切都很美好，但是若少了我坦率直言的優秀經紀人羅利．阿克麥爾（Laurie Abkemeier），這一切都不可能實現。他再次讓這段過程變得意外地輕鬆。我對他充滿深深的感謝與無比的讚嘆。

最後，我要感謝我一輩子的好朋友唐．哈爾彭（Don Halpern）。我們從相遇的那一天就開始爭吵，希望我們永遠都不要停止這樣的爭論。我還要向可靠的丈夫史都華．德瑪爾（Stuart Demar）送上無盡的感謝。在我撰寫這本書的過程中，他始終是我的精神支柱，而且總是準時弄好晚餐。

國家圖書館出版品預行編目 (CIP) 資料

勾引大腦：沉浸式的故事力，讓任何人為你的說法買單 / 麗莎．克隆 (Lisa Cron) 著； 瑠茜譯．-- 初版．-- 臺北市：遠流出版事業股份有限公司，2021.11
面； 公分
譯自：Story or die : how to use brain science to engage, persuade, and change minds in business and in life
ISBN 978-957-32-9325-5(平裝)
1. 說故事 2. 寫作法

811.9 110016496

勾引大腦

沉浸式的故事力，讓任何人為你的說法買單

作　　者｜麗莎．克隆
譯　　者｜実瑠茜
總 編 輯｜盧春旭
執行編輯｜黃婉華
行銷企劃｜鍾湘晴
美術設計｜王瓊瑤

發 行 人｜王榮文
出版發行｜遠流出版事業股份有限公司
地　　址｜台北市中山北路 1 段 11 號 13 樓
客服電話｜02-2571-0297
傳　　真｜02-2571-0197
郵　　撥｜0189456-1
著作權顧問｜蕭雄淋律師
ISBN｜978-957-32-9325-5

2021 年 11 月 1 日初版一刷
定　　價｜新台幣 450 元
（如有缺頁或破損，請寄回更換）

YLib 遠流博識網
http://www.ylib.com
Email: ylib@ylib.com